Lizzy

Megabite

Susanne Orosz

Der geheimnisvolle Kunstraub

Susanne Orosz, geboren 1962 in Wien, schreibt Kinderbücher und Drehbücher fürs Fernsehen. Sie lebt in Hamburg, liebt Abenteuer und hat den schwarzen Gürtel in Aikido.

Susanne Orosz

Der geheimnisvolle Kunstraub

Klopp · Hamburg

In der Reihe *Schatzsucher mit GPS* von Susanne Orosz
sind erschienen:

Band 1: Auf der Spur der Samurai
Band 2: Der geheimnisvolle Kunstraub

MIX
Papier aus verantwortungsvollen Quellen
FSC® C023842

Umschlaggestaltung: Andreas Mack, blatteins, Freiburg
Titelbild und Vignetten von Michael Bayer
Druck und Bindung: Bercker Graphischer Betrieb, Kevelaer
Printed 2011
ISBN 978-3-7817-1505-9

www.klopp-buecher.de

Inhalt

1. Ein verregneter Nachmittag

Wie eine graue Kuppel spannte sich der Himmel über dem Hafen. Jeong, Lizzy, Finn und Megabite liefen durch den Regen.

Lizzy setzte sich die Kapuze ihres Sweatshirts auf und zog sie seitlich an den Bändern fest.

»Mann, Mann, Mann. Ob das auch irgendwann mal wieder aufhört? Seit Tagen so ein Pisswetter.« Finn musterte besorgt Lizzys feuchte Turnschuhe.

»Hab ich dir nicht gesagt, du sollst Gummistiefel anziehen? Aber natürlich braucht Lizzy meine Ratschläge nicht, weil sie einfach alles besser weiß.« Kopfschüttelnd zog Finn das GPS-Gerät aus der Brusttasche seiner wasserdichten Outdoorjacke.

»Jetzt spiel hier nicht die Mutti«, ärgerte sich Lizzy und zupfte an Finns teurer Regenjacke. »Ich brauch wegen ein bisschen erhöhter Luftfeuchtigkeit eben keine sauteuren Superklamotten.«

Jeong faltete den Computerausdruck mit der Beschreibung des Caches auseinander: »Hört sofort auf, euch zu streiten. Wir müssen uns ranhalten, wenn ich um sieben im *Hanabi* sein will. Außerdem führt der Weg zu unserem Schatz über den schönsten Aussichtspunkt der Stadt. Ich hab keine Lust, mir von euch den Spaß verderben zu lassen. Was sagt überhaupt das GPS?«

»Da rüber.« Finn zeigte mit finsterer Miene auf eine kopfsteingepflasterte Straße, die neben einer niedrigen Betonmauer in Richtung Elbe führte. Jeong platschte in ihren ausgelatschten Wanderstiefeln über die nasse Wiese in die angegebene Richtung.

»Komm, Megabite, na komm. Bei Fuß!« Finn nahm die Hundeleine kurz und folgte ihr.

Lizzy schaute ihm nach und verdrehte genervt die Augen. »Bei Fuß … so ein Wichtigtuer. Als ob dieser kurzbeinige Wischmopp auf vier Pfoten auch nur ein einziges Wort verstehen würde!«

Empört drehte Finn sich um.

»Beleidige meinen Hund nicht, Lizzy. Megabite ist ein reinrassiger …«

»Jaja, weiß ich!«, unterbrach Lizzy und trippelte vorsichtig am Rand einer Pfütze entlang. »Megabite ist ein reinrassiger Dachshund mit westfälischem Stammbaum – und Mundgeruch.«

»Fünfzig Meter in die Richtung«, sagte Finn und zeigte auf ein Metallfernrohr auf einem Betonsockel. Dann wandte er sich Lizzy zu. »Hör mal. Ich kann verstehen, dass du sauer bist, weil du kein Tier haben darfst. Aber das ist kein Grund, so fies über Megabite zu reden.«

»Ich bin nicht fies. Ich sage bloß die Wahrheit«, fauchte Lizzy.

»Lizzy, bitte!«, sagte Jeong. »Wir müssen uns beeilen. Meine Mutter macht ein riesiges Theater, wenn ich Akemi nicht rechtzeitig abhole.«

Die Freunde liefen auf die Aussichtsplattform mit dem Fernrohr zu.

»Wird dein Bruder jetzt Chefkellner in eurem Restaurant, oder warum ist der jeden Tag dort?«, wollte Finn wissen.

»Chefkellner, dass ich nicht lache. Akemi taugt höchstens zur Chefküchenschabe.«

Lizzy und Finn grinsten. »Es geht wirklich nichts über die Liebe zwischen großer Schwester und kleinem Bruder«, säuselte Lizzy und legte Jeong den Arm um die Schultern.

»Akemi ist das reinste Nervengift, hoffentlich wird es besser, wenn er größer wird.«

Finn drehte sich zu den Mädchen um. »Zum Glück hab ich keine Geschwister, sondern bloß einen Hund.« Finn drückte Lizzy die Leine in die Hand. »Da, halt mal.« Sofort hüpfte der zottelige Dackel an Lizzys Beinen hoch und kläffte aufgeregt.

»Iih, Megabite, pfui! Mach ›Platz‹!« Lizzy hatte große

Mühe, den kleinen Hund in seinen stürmischen Liebesbekundungen zu bremsen. »Megabite, Schluss! Aus! Wird Zeit, dass jemand dieser verrückten Töle Manieren beibringt.«

»Megabite ist immun gegen Erziehung, wie mein kleiner Bruder«, raunte Jeong, dann las sie aus ihrem Computerausdruck vor: »›Suche den versteckten Hinweis auf die Nordkoordinate im Umkreis von fünf Metern.‹« Jeong drehte sich langsam um ihre eigene Achse. Vor ihr grenzte eine niedrige Ziegelmauer die Aussichtsplattform gegen das Flussufer ab. Etliche Lastkähne und Containerschiffe waren auf der Elbe unterwegs, und am gegenüberliegenden Ufer breitete sich das Stadtpanorama mit seiner ganzen Herrlichkeit aus: die Landungsbrücken mit den Museumsschiffen, die modernen Häuser der HafenCity und die Elbphilharmonie, deren Obergeschoss aussah wie ein gigantisches Zirkuszelt aus Glas.

»Seht mal. Man sieht sogar den Eingang zum alten Elbtunnel, durch den wir herübergekommen sind«, rief Jeong begeistert.

»Schon klar. Aber jetzt suchen wir lieber den Hinweis zu unserem Schatzversteck«, drängte Lizzy. »Nur noch dieser First to Find, und wir sind die Champions in diesem Jahr.«

»Alles klar, los geht's«, sagte Jeong.

Sie lief zum Münzfernrohr, Lizzy untersuchte die Panoramatafel, die alle Sehenswürdigkeiten am gegenüberliegenden Elbufer erklärte, und Finn umrundete den rot bemalten Eiswagen, der mit geschlossenem Verkaufsfenster unter zwei großen Kastanien parkte. »Gelate« war über dem Fenster auf einer gelben Tafel zu lesen. Links und rechts der Liste von Eissorten, die es bei gutem Wetter hier zu kaufen gab, lief das Regenwasser aus zwei Dachrinnen.

»Schade, dass er schon geschlossen hat.« Lizzys Lippen hatten wegen der Kälte einen blauen Schimmer.

»Zum Glück hat er geschlossen. Du würdest dir den Tod holen, Lizzy. Was du brauchst, ist eine heiße Zitrone mit Ingwer.«

»Phh«, machte Lizzy abfällig.

Plötzlich begann Megabite, am umgeworfenen Abfallkorb neben dem Eiswagen zu schnüffeln. Er winselte und scharrte mit seinen dicken Pfoten Müll aus dem Eimer.

»Schon gut, schon gut, alter Junge.« Finn kraulte Megabites Nacken. Der kleine Hund kläffte und hechelte aufgeregt. »Ich glaube, dass er eine Spur entdeckt hat!«

Lizzy lächelte gezwungen. »Ich glaube eher, dass deine verfressene Staubwalze vergammelte Waffeln oder schimmelige Fischbrötchen gefunden hat.«

Finn hob einen kleinen Ast vom Boden auf und zerteilte damit den Müll: Eispapier, gebrauchte Pappbecher, bunte Plastiklöffel.

»Siehste, da ist nichts«, meinte Jeong. »In 'nem Mülleimer versteckt doch keiner den Hinweis zu einem Cache. Der wird doch geleert.«

Jeong kletterte auf die Lehne der Parkbank hinter dem Fernrohr und ließ ihren Blick entspannt über die Aussichtsplattform schweifen. »Jetzt lasst uns mal in aller Ruhe nachdenken, was hier als Versteck infrage kommt.« Jeong ließ die Beine baumeln und tippte mit dem Zeigefinger an ihre Lippen. Wie geheime Morsezeichen sah das aus.

»Hm.« Jeongs Augen glitten über das Fernrohr zu der Tafel mit den Sehenswürdigkeiten, dann zum Eiswagen und wieder zurück zum Fernrohr. Finn und Lizzy folgten gespannt der Bewegung ihrer Augen. Meistens war es Jeong, die durch sorgfältiges Hingucken und genaues Überlegen einen Cache oder einen Hinweis zuerst entdeckte.

»Entweder ist er unter dem Sockel vom Fernrohr oder an den Kastanienbäumen«, überlegte Jeong. »Die Koordinaten zu einem Cache sind nie an etwas versteckt, das beweglich ist.«

»Meine Rede.« Lizzy warf Megabite einen verächtlichen Blick zu, weil er immer noch winselnd und hechelnd im Müll herumwühlte.

»Hier, guckt euch das an!« Finn hatte an einer der Kastanien am Eiswagen etwas entdeckt. »Da ist ein Loch im Stamm. Ein ziemlich tiefes sogar.«

Lizzy und Jeong liefen hinüber.

Finn steckte die Hand bis zum Ellenbogen in das Loch und tastete konzentriert darin umher. Dabei rollte er mit den Augen, was alles noch spannender machte. Neugierig beobachteten Lizzy und Jeong, wie Finn eine Schnur aus dem Astloch zog, an deren Ende eine Plastikhülle hing, in die ein Kärtchen eingeschweißt war.

»Täätäää! Unsere Nordkoordinate!«

»52°27.219'«, las Lizzy vor.

Finn gab die Koordinate in das GPS-Gerät ein und bewegte sich ein paar Schritte in Richtung Eiswagen.

»Die Richtung stimmt schon mal. Zweihundert Meter da rüber, in Richtung der alten Hafenschuppen.«

»Da, wo der blaue Kran steht?«, wollte Lizzy wissen.

»Genau da!« Finn griff Megabites Leine vom Boden und zog den Rauhaardackel mit sich.

»Komm, Meggi, beeil dich. Lizzy gibt Hundekuchen für dich aus, wenn sie Caching-Champion wird. Der ist viel leckerer als olle Fischbrötchen.«

Megabite bockte und stemmte seine kurzen Beine widerborstig in den schlammigen Boden. Er konnte es nicht fassen, dass Finn ihm die aufgespürten Köstlichkeiten nicht gönnen wollte.

»Okay. Du willst es nicht anders.« Finn fasste unter Megabites Bauch, klemmte ihn sich unter den Arm und rannte den anderen hinterher. Megabite winselte beleidigt.

»Ein Hund, der Fisch mag«, flüsterte Lizzy Jeong zu. »Du musst zugeben, dass das nicht normal ist. Langsam hab ich den Verdacht, dass Megabite in Wirklichkeit gar kein Hund ist.«

Im Gänsemarsch strebten die Freunde durch den Regen an Speicherhallen und Silos entlang. Sattelschlepper und Lieferwagen rasten an ihnen vorüber und spritzten Pfützenwasser auf den Bordstein. Vor einem Maschendrahtzaun, hinter dem ein alter Backsteinbau zu sehen war, hielt Finn an.

»Petersen & Co« war auf einem zerbeulten Metallschild mit Rostflecken zu lesen. Der alte Ziegelsteinbau wirkte alles andere als einladend. Sämtliche Fensterscheiben an der Straßenseite waren eingeschlagen. Die Kellertür unter dem gemauerten Treppenaufgang stand sperrangelweit offen und bewegte sich geisterhaft im Wind. Einsam und verlassen stand ein alter Stuhl vor der Tür.

»Hui. Das ist ja ganz schön gruselig hier, wenn ihr mich fragt«, sagte Lizzy. »Ich wusste gar nicht, dass der Cache an einem Lost Place versteckt ist.«

Jeongs Mundwinkel wanderten langsam abwärts. Es sah nicht so aus, als ob das Schatzfieber sie gepackt hatte. »In den Schuppen bringen mich keine zehn Pferde.«

»Sicher ist der Cache auf dem Kran versteckt«, entgegnete Lizzy.

Finn schritt unbeeindruckt an den Mädchen vorbei und überquerte den rechteckigen Innenhof mit dem Parkplatz. Hohes Gras und Unkraut wucherten aus den vielen Rissen im Asphalt.

»Da haben sicher seit hundert Jahren keine Autos mehr geparkt«, murmelte Jeong.

Finn setzte Megabite auf den Boden und warf einen prüfenden Blick auf das GPS-Gerät. »Wir sind ganz nah dran am Versteck.«

»Lass mal sehen!« Lizzy nahm Finn das GPS aus der Hand. »Wie ich es gesagt habe: Der Cache ist irgendwo am Kran versteckt.«

»Da scheint Megabite anderer Meinung zu sein«, sagte Finn.

Megabite war zur Kellertür gerannt und beschnüffelte den alten Stuhl. Er hob kurz sein Bein und verschwand dann bellend durch die offene Kellertür.

»Mist. Megabite, komm zurück!« Finn pfiff mit seiner Hundepfeife. Ein fiepend hoher Ton erklang, aber Megabite blieb verschwunden.

»He, wo willst du denn hin?«, rief Lizzy. Finn lief auf den Eingang zum Keller zu. »Ich muss ihn da rausholen. Was, wenn Megabite in dem Keller verschüttet wird oder aus Versehen Rattengift frisst?«

»Aber der Cache!«, rief Lizzy.

»Den holen wir gleich!«, sagte Jeong.

Sie rieb nervös ihre Wange. »Weißt du … ich meine, vielleicht ist der Schatz gar nicht auf dem Kran?«

Lizzy schaute zu dem Kran hinüber. Wie einen gespenstisch dürren Finger streckte er seinen Metallarm in den grauen Himmel. Er sah ebenso wenig einladend aus wie der Keller. »Der Cache ist im Kran. Hundertpro!«, entgegnete Lizzy.

»Ich schau lieber mal nach Finn und Megabite. Kommst du mit, oder willst du schon mal anfangen zu suchen?«

Lizzy blickte sich unschlüssig um. Auf dem Parkplatz vor dem Schuppen sah es aus wie auf einem Schrottplatz. Große Drahtrollen, Gaskartuschen und verrostete Motorenteile lagen herum, und unter einem Wellblechdach stand ein alter Traktor.

»Los, wir gucken lieber gemeinsam nach dem Cache. Vielleicht braucht Finn unsere Hilfe!« Jeong griff Lizzy am Ellenbogen und zog sie mit sich in Richtung Keller. Lizzy folgte Jeong und machte dabei ein Gesicht, als hätte sie in eine Zitrone gebissen. »Das ist reine Zeitverschwendung«, murmelte sie. »Ich schwör dir, in zehn Minuten sind die Dogs da oben und schnappen uns das Ding vor der Nase weg.«

»Den Kran sehen wir uns später an«, sagte Jeong beruhigend. »Außerdem haben sich die Dogs schon seit Tagen nicht mehr blicken lassen.«

Die schmale Kellertreppe war steil und glitschig. Lizzys

rechte Hand umklammerte das kalte Eisen des Treppengeländers, ihre linke hielt sich an Jeongs Schulter vor ihr fest. Jeong tastete sich langsam und konzentriert über die dunklen Stufen nach unten. »Gleich geschafft«, flüsterte sie über die Schulter. »Unten gibt's mehr Licht.«

Lizzy verzog angewidert das Gesicht. Es roch muffig nach altem Motoröl und feuchtem Gemäuer. Unten angekommen, ließ sie Jeongs Schulter los. Zum Glück schien wenigstens hier unten das Licht zu funktionieren. Vom anderen Ende des langen Kellergangs drang der schwache Schein einer Deckenlampe herüber.

»Finn?«, rief Jeong. »Hallo!«

»Hallo-hallo-hallo!«, echote es zurück.

Dann hörten Jeong und Lizzy Megabites Gekläffe. Aufgeregt kam Megabite auf die Mädchen zugesprungen.

»Megabite-bite-bite!«, rief Finn vom anderen Ende des Kellers.

Megabite blieb stehen und drehte sich verwirrt im Kreis. Der arme Kerl hörte plötzlich Stimmen von allen Seiten und wusste nicht, wohin er laufen sollte.

»Tolles Echo-Echo-Echo!« Finn tauchte im Kellergang auf und klatschte in die Hände. Das Klatschen sprang zwischen den Kellerwänden hin und her, und es hörte sich ein bisschen so an, als würde jemand einen Stepptanz aufführen.

Megabite begann in ohrenbetäubend hohen Tönen zu

winseln. Es klang dermaßen herzzerreißend, dass sogar Lizzy Mitleid bekam.

»Ist ja gut, Meggi. Brauchst keine Angst zu haben. Das ist bloß ein Echo.«

Finn tätschelte Megabite, der zwischen seinen Beinen Deckung suchte. »Meggi hat in den verzweigten Gängen völlig die Orientierung verloren.«

»Na, so was? Dabei ist Megabite doch so ein Schnüffeltalent«, meinte Lizzy und grinste.

»Ist er ja auch!«, sagte Finn. »Dahinten gibt es eine Kammer. Leider ist sie abgeschlossen. Aber Megabite hat wie wild an der Tür gescharrt und gebellt. Vielleicht ist etwas ganz Geheimnisvolles darin versteckt.«

»Kann sein, aber es ist sicher nicht unser Cache.« Lizzy folgte Finn zur Mitte des Gangs. Von dort zweigte ein weiterer Gang ab. Darin befanden sich zwei grob gezimmerte Brettertüren, hinter denen es weitere Kammern zu geben schien.

Lizzy zog eine der Türen auf. Knarzend gab sie den Blick auf einen Schiffsmotor frei, der auf zwei dicken Holzbalken aufgebockt war. An den Wänden standen alle möglichen Arbeitsgeräte, eine Säge und eine Schaufel und Türme von verbeulten Lackeimern. »Ich glaube nicht, dass es außer Schrott hier unten große Geheimnisse gibt. Führt der Gang noch irgendwohin?«

»Er mündet in einen dritten Gang. Alle Gänge sind miteinander verbunden wie die Linien eines H. Die Tür, hinter der Megabite etwas gewittert hat, liegt auch da drüben«, erklärte Finn.

Plötzlich hob Megabite seine Schnauze und zog seine Stirn in Falten. Dann gab er ein kehliges Knurren von sich. Im gleichen Moment flackerte das Licht im Keller und erlosch.

»Oh Mist«, jammerte Lizzy. »Wir hätten hier nicht runterkommen sollen.«

»Keine Panik«, entgegnete Finn. »Ich mach uns Licht mit meinem Handy.«

»Hallo?«, rief Jeong. Ihre Stimme klang piepsig und dünn.

»Hallo-hallo-hallo?«, kam das Echo zurück.

Sofort fing Megabite an zu kläffen und hüpfte verwirrt im Kreis. Den armen Kerl machte es vollkommen verrückt, plötzlich Stimmen von allen Seiten zu hören.

»Lasst uns lieber wieder nach oben gehen«, schlug Lizzy vor.

Megabite schlich geduckt eng an der Wand entlang und machte ein Gesicht, als würde jeden Moment die Decke über ihm zusammenstürzen. Sein Knurren klang wie eine dringende Warnung.

»Alles klar, gehen wir. Komm, Megabite, na komm.« Finn klopfte mit der flachen Hand an seinen Oberschenkel. Sofort heftete sich Megabite an seine Fersen.

Das Licht aus Finns Handy war viel zu schwach, um den unebenen Boden auszuleuchten. Die Freunde tasteten sich an der feuchten Wand entlang, bis sie von oben Licht in den Gang fallen sahen.

»Puh, die Treppe«, sagte Lizzy.

Erleichtert atmeten alle auf. Gleich waren sie draußen.

Aber dann waren von oben Stimmen zu hören und Gelächter. Lizzy, Finn und Jeong sahen einander erschrocken an.

»Das müssen die Dogs sein. Sie sind auf dem Kran und suchen nach unserem Cache«, flüsterte Jeong.

»Oh nein!« Lizzy raufte sich verzweifelt die Locken. Dann hechtete sie nach oben. »Diese Aasgeier! Sie haben uns hinterherspioniert und den Cache vor uns gefunden.«

Drüben auf der Plattform des Krans stand Mike, der Anführer der Dogs, und winkte mit einem kleinen schwarzen Schreibheft. »He, ihr Kellerasseln. Wenn ihr euch auch ins Logbuch eintragen wollt, bitte schön! Aber nach uns, hähä!«

Der dicke Mirko und Richard wieherten vor Vergnügen.

Megabite kläffte böse zu ihnen hinüber. Finn kraulte beruhigend seine gesträubten Nackenhaare. »Braver Hund. Deshalb hast du im Keller so geknurrt. Du wolltest uns warnen.«

Lizzy verschränkte verärgert die Arme vor der Brust. »Warnen, dass ich nicht lache. Ohne diese hohle Klorolle auf vier Beinen wären wir überhaupt nicht da runter. Wir könnten den Schatz längst haben! Alles wegen diesem verpeilten Köter.«

2. Zechpreller

Zugegeben, es war ein Fehler. Wir hätten erst am Kran nachsehen sollen«, murmelte Finn.

Lizzy kritzelte stumm mit dem Kugelschreiber ein großes H auf ihre Papierserviette. Finn, Lizzy und Jeong saßen an einem der kleinen braunen Tische im *Hanabi*. Wie an jedem Abend war das Lokal voll bis auf den letzten Platz. Das Restaurant von Jeongs Eltern war für seine köstlichen asiatischen Spezialitäten stadtbekannt. Unablässig klappte die Schwingtür mit den Holzlamellen am Kücheneingang auf und zu, und immer, wenn Jeongs Mutter oder Ken, der Kellner, mit Tellern und Tabletts beladen herauswirbelten, wogten verführerische Duftwolken nach Frühlingszwiebeln, Ingwer und Koriander durch das Lokal.

»Komm schon, Lizzy! Bloß weil wir bei diesem First to Find nicht die Ersten waren, lassen wir uns nicht das Essen vermiesen. Mein Vater macht extra Reisigel, weil er weiß, dass du kein Fleisch magst.«

Lizzy schnaufte und blickte missmutig zum gegenüberliegenden Tisch. Ein älterer Mann mit weißem Spitzbart saß da und aß heißhungrig seine Frühlingsrollen. Obwohl er den wärmsten Platz gleich neben der Küche hatte, saß er in Mantel und Schal an seinem Tisch und sah während des Essens immer wieder zum Eingang.

»Komischer Kauz«, wunderte sich Finn. »Der scheint's wohl besonders eilig zu haben.«

»Oder er will der Schleimattacke der kleinen Nacktschnecke entgehen! Akemi ist mal wieder auf Trinkgeldpirsch!«, erklärte Jeong.

Tatsächlich schlich Akemi um den Tisch des Mannes herum. Er machte höflich kleine Verbeugungen und stellte ein Körbchen mit heißen Tüchern auf den Tisch, damit der Gast sich nach dem Essen die Hände sauber machen konnte. Der Mann strich Akemi über seine schwarze Kurzhaarfrisur, und Akemi grinste dazu wie ein Pfannkuchen. Der ältere Mann sprach mit Akemi und schob ihm ein paar Münzen hin.

»Bitte schön, langt zu!« Jeongs Mutter stellte etliche Schüsseln und Schälchen auf den Tisch der Freunde. »Hähnchenspieße, Reisigel und Wan Tan. Hat etwas länger gedauert, aber ihr seht ja selbst, was hier los ist.«

»Kein Problem, danke!« Hungrig machte sich Finn über die Hähnchenspieße her. Die Erdnusssoße mit Chili duftete großartig. Lizzy stieß nachdenklich ein Essstäbchen in einen Reisball.

»Irgendwas stimmt nicht mit dem Typen«, murmelte sie. »Warum guckt er bloß immer zur Tür?«

Der Mann wischte seine Hände in der feuchten Stoffserviette ab und beugte sich über den großen schwarzen Karton auf dem Stuhl neben ihm.

»Guckt mal, es sieht aus, als würde er mit dem Karton sprechen.«

Jeong und Finn sahen unauffällig zum Nebentisch. Der Gast bemerkte die neugierigen Blicke der Freunde trotzdem und nickte freundlich herüber.

Gerade machte sich Akemi wieder am Tisch des Mannes zu schaffen und sortierte die Soßenfläschchen.

»Akemi, komm her, du störst bloß.« Jeong stand auf und streckte die Hand nach ihrem kleinen Bruder aus.

»Nicht doch, der Kleine kann ruhig hierbleiben.« Der ältere Mann lächelte Akemi glücklich an. Offenbar war er wie alle anderen Gäste im *Hanabi* Akemis pausbäckigem Gesicht mit den dunklen Mandelaugen erlegen. »Ich bin froh über etwas Gesellschaft«, erklärte der Mann und strich nervös über den Karton neben sich. Blitzschnell drehte sich Akemi zu Jeong um und streckte ihr die Zunge heraus.

»Kleine Ratte!« Jeong kniff wütend die Augen zusammen.

»Der Kleine kann ruhig bleiben. Er ist ja wirklich zu süß«, sagte der Mann.

»Tut mir leid, ich wollte nur …«

»Du brauchst dich gar nicht einzumischen, doofe Ziege«, fauchte Akemi. »Du bist ja bloß neidisch, weil ich Trinkgeld kriege und du nicht.« Akemis schmale Augen funkelten herausfordernd. Jeong presste die Lippen aufeinander und seufzte. Natürlich wartete Akemi nur darauf, dass sie sich hier vor allen Leuten mit ihm streiten würde. Aber da hatte er sich verrechnet. Jeong setzte ein honigsüßes Lächeln auf und bleckte dabei gefährlich ihre Schneidezähne. »Später, du Stinkmorchel!«, zischte sie. Zu Hause würde noch genug Zeit sein, um ihrem kleinen Bruder eine Abreibung zu verpassen.

Plötzlich bohrte sich ein dumpfer Schmerz durch Jeongs Zeh und schoss feurig ihr rechtes Bein hoch. Akemi war mit seinem Fuß auf Jeongs großen Zeh gestampft. Jeong riss stumm vor Schmerz den Mund auf und zog den Fuß hoch. Genau in dem Moment schlängelte sich der Kellner, Ken, mit Tellern beladen an Jeong vorbei. Er blieb an ihrem Knie hängen und stolperte.

»Oh, Mist. Ken!«

Geistesgegenwärtig riss Ken beide Arme hoch und balancierte die Teller über die Köpfe der Gäste hinweg. Er wirbelte kunstvoll um die eigene Achse und landete seine kostbare Fracht sicher auf dem Fenstertisch.

»Entschuldigung«, stammelte Jeong.

Ken schaute Jeong sauer an. Dann weiteten sich seine

Augen. »He! Hallo!«, rief Ken. »Sie müssen doch noch bezahlen!« Es dauerte einen Moment, bis Jeong begriff, dass Ken nicht sie gemeint hatte, sondern den Mann mit dem Spitzbart. Der war aufgestanden und hastete mit dem schwarzen Karton unter dem Arm auf den Ausgang zu.

Bevor Ken sich zwischen Jeong und den engen Tischen durchzwängen konnte, war der Alte schon an der Glaskugel mit den Glückskeksen vorbei durch den roten Vorhang nach draußen gewitscht.

»Zechplellel!«, schimpfte Ken. In diesem Moment waren Lizzy und Finn schon aufgesprungen und rannten nach draußen.

»Los, Jeong, den kriegen wir noch!«, rief Finn. Sofort lief Jeong auf die Straße und blickte sich nach links und rechts um.

»Da, er läuft in Richtung U-Bahn. Wir schneiden ihm an der Post den Weg ab! Lizzy und ich laufen ihm hinterher, und du kommst von oben.«

Sofort spurtete Finn in Richtung der großen Kreuzung davon, und Jeong und Lizzy folgten dem Mann über den Bürgersteig. Er lief etwa drei Autolängen vor ihnen und legte ein ziemliches Tempo vor.

»Und wenn der Typ gefährlich ist?«, keuchte Lizzy. »Wer weiß, was er in seiner Kiste hat.«

Am Laden für Sicherheitsschlösser bog der Mann ab.

Lizzy und Jeong folgten ihm durch den Nieselregen, und ihre Schuhe platschten durch Laubhaufen und Pfützen.

»Mist, wo ist er hin? Ich kann ihn nicht mehr sehen!« Lizzy blieb stehen und hielt sich die Seite.

»Da vorn an der Pizzeria ist er, komm!« Tatsächlich hastete auf der gegenüberliegenden Straßenseite eine Gestalt entlang der dunklen Häuserfront. Gleich hatte sie die Post erreicht.

»Mensch, wo bleibt denn Finn?« Jeong wechselte die Straßenseite. Jetzt tauchte Finn am anderen Ende der Straße auf. Aufrecht und mühelos joggte er auf den Mann zu. Etwa hundert Meter noch, dann hatten sie den Zechpreller in der Zange. Plötzlich drehte sich der Mann um und fuchtelte mit dem linken Arm in der Luft herum.

»He, Taxi!« Der ältere Mann winkte, und wie aus dem Nichts tauchte ein Taxi im Regen auf und schoss auf den Fahrbahnrand zu. Sofort legten Finn und Jeong an Tempo zu, aber da war der Mann schon eingestiegen und versuchte, den sperrigen Karton zu sich auf die Rückbank zu zerren. Der Karton verhakte sich in der Tür. Finn und Jeong jagten mit großen Schritten auf das Taxi zu.

»He, halt, stehen bleiben!« Noch fünfzehn Meter, zehn, drei. Finn streckte seine Hand nach dem Karton aus. Da gab das Taxi Gas, und der Karton polterte auf die Fahrbahn.

Jeong stützte keuchend die Hände auf die Knie und

blickte dem Fahrzeug hinterher. Der Mann mit dem Spitzbart schaute mit weit aufgerissenen Augen durch die Rückscheibe auf die schwarze Kiste auf der Straße.

»Wie blöd«, ärgerte sich Finn. »Ich hab das Taxi kommen sehen. Aber ich dachte, ich kriege ihn noch. Na ja, zumindest haben wir jetzt das hier!« Finn hob den Karton auf und setzte ihn auf dem Bürgersteig ab. Lizzy strich vorsichtig mit der Hand über die Oberfläche der Box.

»Was da wohl drin ist?«

Jeong ging in die Hocke und prüfte den dicken Knoten in der Paketschnur. »Jedenfalls ist es sorgfältig verpackt.«

»Wir sollten den Karton bei der Polizei abgeben«, überlegte Finn.

»Machen wir, du kleiner Spießer«, entgegnete Lizzy. »Aber erst will ich wissen, was drin ist.«

Schon hatte Lizzy einen Teil der Verschnürung geöffnet. Die Zunge zwischen die Schneidezähne geklemmt, schaffte sie es, auch die beiden seitlichen Knoten zu lösen. Finn kaute nervös auf seiner Unterlippe.

»Lizzy, hör auf. Was, wenn da eine Waffe drin ist?«

»Quatsch. Der Karton ist doch ganz leicht.«

»Achtung!«, warnte Jeong. Ein Pärchen mit einem regenbogenfarbenen Schirm kam vorüber. Der Mann schaute interessiert zu Lizzy hinüber. Schnell stellte Lizzy sich so hin, dass sie das Paket mit dem Oberkörper verdeckte. Der Mann konnte das Paket nicht sehen und ging weiter.

»Puh!« Lizzy atmete auf.

»Also los jetzt, mach weiter«, befahl Jeong und spreizte gespannt ihre Finger. Finn und Jeong sahen zu, wie Lizzy das Paketklebeband mit dem Fingernagel einzuritzen versuchte.

»Guck mal, da sind Löcher an der Seite, als hätte jemand mit 'ner Gabel reingestochen.« Jeong fuhr mit dem Zeigefinger über die Löcher neben der Klebestelle.

Finn bückte sich und sah sich die Löcher genau an. »Sieht nach Luftlöchern aus, wenn du mich fragst.«

»Sicher sind stinkende Socken drin«, sagte Lizzy und kicherte.

Dann verstummte sie. »Mensch! Hört ihr das?«

»Was?«, fragte Finn.

»Na, dieses Kratzen. Da kratzt doch was.«

»Lizzy, spinn nicht rum, mach den Karton auf«, meinte Jeong.

Lizzy fuhr hektisch mit dem Nagel am Klebeband auf und ab, aber es wollte nicht aufgehen.

»Hier, nimm das.« Jeong reichte Lizzy ihren Schlüsselbund.

»Aurelia! Aurelia!«, krächzte es aus dem Karton. Jeong warf Lizzy einen erschrockenen Blick zu. Lizzy nahm Jeong den Schlüsselbund aus der Hand und ritzte schnell das Klebeband auf.

»Sei vorsichtig!«, flüsterte Finn.

Lizzy klappte die Seitenflügel des Kartons nach oben und spähte durch die Öffnung. Es rappelte und scharrte und flatterte in der Kiste, und Lizzys Gesicht verzog sich zu einem breiten Grinsen.

»Jetzt mach schon auf, Lizzy!« Jeong rieb sich nervös die Hände.

»Lizzy-Lizzy!«, krächzte es aus dem Karton. Lizzy öffnete auch noch die beiden anderen Klappen, und jetzt sahen Finn und Jeong es auch. In dem Karton saß ein prachtvoller Papagei. Er legte frech den Kopf zur Seite und trippelte im Karton auf und ab. Seine Federn glänzten dunkelblau und hellgelb.

»Wow, ist der schön«, flüsterte Finn.

Lizzy ließ langsam ihre Hand in den Karton gleiten.

»Ein Gelbbrust-Ara, Ara ararauna«, erklärte sie sachlich.

»Lizzy ... Lizzy!«, gab der Ara zurück. Vorsichtig berührten Lizzys Finger das Köpfchen des Vogels. Ganz seidig und warm fühlte sich sein Gefieder an. Der Ara schmiegte seinen Kopf in Lizzys Handfläche. Lizzy schluckte und verstummte. Sie war überwältigt von so viel Zuneigung.

»Der ist ja süß. Und ganz zahm«, sagte Jeong.

»Aurelia-fünf-zwo«, krächzte der Papagei und blitzte Lizzy aus seinen freundlichen Kulleraugen an. Um seinen Schnabelansatz hatte er eine geschwungene Federmusterung, die aussah, als würde er ständig lächeln. »Aurelia-fünf-zwo-fünf-zwo«, wiederholte Aurelia und hüpfte auf Lizzys Unterarm. Lizzys Augen glänzten. Aurelia sah aus wie eine Prinzessin. Den Kopf hatte sie stolz erhoben, und ihre blauen Schwanzfedern hingen wie eine lange Schleppe über Lizzys Arm nach unten.

»Cool«, kommentierte Finn, und Jeong nickte mit offenem Mund. Aurelia wanderte im Seitwärtsschritt an Lizzys Arm hoch und flatterte mit den Flügeln.

»He, du kannst ja ganz schön fest zupacken.« Finn neigte den Kopf und betrachtete Aurelias Füße. »Merkwürdige Klauen hat die.«

»Klauen! Das sind Zehen, Mann. Zygodaktil gestellt, zwei nach vorne, zwei nach hinten. Damit können die alles greifen, wie mit Händen.«

»Schon klar«, gab Finn klein bei. Über Tiere wusste Lizzy so ziemlich alles. Sie konnte die meisten Antworten zu den schwierigsten Tierquiz-Spielen im Internet im Schlaf hersagen.

Lizzy grinste. Aurelia kletterte auf ihre Schulter und rieb ihr Gesicht an Lizzys Wange.

»Aurelia hat dich eindeutig in ihr Herz geschlossen«, stellte Jeong fest.

»Echt, meinst du?«

Hingebungsvoll knabberte Aurelia an Lizzys rechtem Ohrläppchen.

»Iih, das kitzelt!«

Finn nickte. »Kein Zweifel: Liebe auf den ersten Blick.«

Lizzy hob ganz langsam den Finger und streichelte Aurelia vorsichtig über den Kopf.

»Aurelia-fünf-zwo-fünf-zwo«, krächzte der Papagei.

»Fünf-zwo. Fünf-zwo. Findet ihr nicht, dass sich das wie der erste Teil unserer heutigen Nordkoordinate anhört?«

Finn seufzte. »Mensch, Lizzy. Jetzt übertreibst du aber. Fünf-zwo kann ebenso gut eine Hausnummer sein.«

Lizzy setzte Aurelia wieder in ihren Karton zurück.

»Glaub ich nicht. Ein Papagei kennt doch keine Hausnummern.«

»Wieso? Ist doch praktisch, falls er sich mal verfliegt.«

Lizzy klappte den Karton zu, und Jeong hob ihn hoch.

»Puh, ganz schön schwer, der Bursche.«

Lizzy nahm Jeong den Karton aus den Händen.

»Aurelia ist kein Bursche, sondern ein Mädchen, wie ihr Name schon sagt. Außerdem braucht sie keine Hausnummern, weil sie sich nicht verfliegt. Aras verfügen über einen ausgezeichneten Orientierungssinn. Ganz im Gegensatz zu manchen Dackeln.«

Finn steckte beleidigt beide Hände in die Hosentaschen und schlurfte neben Lizzy her.

»Und was machst du jetzt mit dem Vogel? Ich dachte, dein Vater ist gegen Haustiere.«

Daran hatte sie noch gar nicht gedacht. Sie konnte Aurelia auf keinen Fall mit zu sich nach Hause nehmen.

»Viecher machen Dreck, Dreck und nichts als Dreck«, schimpfte ihr Vater immer. Dabei machte er selbst am meisten Dreck von der ganzen Familie.

»Kannst du Aurelia nicht nehmen?«, fragte Lizzy Jeong. Lizzys Stimme hörte sich plötzlich ganz ängstlich an.

»Ich glaube nicht, dass das eine gute Idee ist. Akemi hat bereits ein Meerschweinchen und einen Hamster auf dem Gewissen. Der Hamster ist in einem Lego-Bungalow erstickt, und das Meerschweinchen ist in der Badewanne ertrunken. Willst du Aurelia dieser Gefahr aussetzen?«

Lizzy schaute flehend zu Finn. »Und du? Kannst du Aurelia nicht nehmen?«

Finn hob erschrocken beide Hände. »He, wie stellst du dir das vor? Megabite und der Papagei zusammen in einer Wohnung, das geht schief. Du vergisst, dass Megabite ein Jagdhund ist.«

»Dachshund, nicht Jagdhund«, korrigierte Lizzy.

»Das kommt aufs Selbe raus. Fakt ist: Beide zusammen in einer Wohnung – das gibt Mord und Totschlag.«

»Bitte, Finn, nur für heute Nacht. Bis morgen fällt mir garantiert was ein.«

»Lizzy, Tom flippt aus, wenn ich noch ein Tier anschleppe.«

»Ich erklär's deinem Vater auch ganz lieb. Nur eine Nacht. Bitte, Finn, bitte. Ich sag auch niemals wieder was Fieses über Megabite.«

»Hm …«

»Oh, du bist so süß, Finn. Danke!«

Finn holte Luft, um noch etwas zu entgegnen. Aber da hatte Lizzy Finn schon gepackt und fest an sich gedrückt. Finn klappte den Mund zu und grinste schief.

»Also gut, dann komm mit.«

»Deine Muttel ist ganz schön sauel«, erklärte Ken. Er half gerade einer älteren Dame in den Mantel und wandte sich über die Schulter an Jeong. »Einen Zechplellel zu velfolgen ist gefähllich.«

»Zechpreller, Ken. Es heißt ›Zechpreller‹«, erklärte Jeong.

Die Dame nahm zum Abschied zwei Glückskekse aus dem großen Kugelglas und verschwand nach draußen.

»Habt ihl ihn elwischt?«, flüsterte Ken.

»Nee, bloß seinen Vogel. Einen Papagei. Der Mann ist mit dem Taxi weg.«

Ken runzelte die Stirn und begleitete Jeong durch das Lokal zum Tresen. »Jedenfalls hat del Mann noch mehl auf dem Kelbholz.«

»Kerbholz, Ken. Es heißt ›Kerbholz!‹«

Ken zog eine aufgeschlagene Zeitung vom Tresen und hielt sie Jeong unter die Nase. Auf einem großformatigen Foto war der Mann mit dem Spitzbart zu sehen. Er stand vor dem Eingang der Postfiliale, an der er gerade ins Taxi gestiegen war.

Jeong nahm Ken staunend die Zeitung aus der Hand. »Mensch, aber das ist doch …«

»Del Mann wild polizeilich gesucht, Jeong. El hat vol ein paal Wochen ein sehl weltvolles Gemälde aus del Postfiliale in del Seilelstlaße gestohlen.«

»›Der Schneespaziergang‹ von Chagall«, las Jeong. »Es ist viele Tausend Euro wert.«

Jeong ließ die Zeitung sinken. Der Alte hatte nicht im Geringsten gefährlich ausgesehen. Und dann so was … ein Kunsträuber.

»Es wal dumm von euch, ihm nachzulaufen. So einel ist sichel bewaffnet, was meinst du?«

Jeong kniff die Lippen zusammen und blickte zu Boden. Irgendwie hatte Ken recht. Es war ganz schön unüberlegt gewesen, dem Mann einfach so hinterherzurennen.

3. Ein Papagei macht Ärger

Das mit dem Papagei war Jeong nur so rausgerutscht. Blöderweise hatte Ken es Jeongs Mutter erzählt. Akemi hatte mit glitzernden Augen danebengestanden. »Ich will den haben. Der Papagei gehört mir. Das ist meiner!«, blökte er unablässig.

»Der gehört Lizzy. Sie hat den Ara gefunden, also ist es ihrer.«

»Jeong, es mag zwar stimmen, dass sie den Papagei gefunden hat«, entgegnete Jeongs Mutter, »aber unserem Restaurant ist durch den Mann ein Schaden entstanden. Deshalb haben in erster Linie wir Anspruch auf das Tier und nicht Lizzy. Wenn Akemi es sich so sehr wünscht, kann er den Papagei eine Zeit lang behalten. Du siehst doch, wie gern er es möchte. Wir sollten ihm den Wunsch erfüllen.«

Na toll. Sobald diese kleine Erdkröte auch nur im Entferntesten einen Wunsch äußerte, tanzte alles nach seiner Pfeife. Akemi hatte einfach den Dreh raus, sich einzuschmeicheln und immer genau das zu bekommen, was er wollte. Aber Jeong würde dieses Spielchen nicht mitspielen. Diesmal hatte sich Akemi verrechnet.

»Mama, ein Ara ist ein empfindliches Tier«, erklärte Jeong ihrer Mutter. »Denk doch mal daran, was Akemi mit dem armen Hamster und dem Meerschwein angestellt hat.«

»Da war Akemi noch ganz klein. Heute weiß er, dass er aufpassen muss. Stimmt's, Akemi?«

Akemi nickte mit unschuldigen Rehaugen. »Ich bin ganz lieb zu dem, ehrlich.«

Seine Mutter lächelte verzaubert und streichelte Akemis Wange. »Ich weiß, mein kleiner Liebling. Morgen kauft Jeong einen Käfig und bringt den Vogel zu uns nach Hause.«

Akemi verschränkte zufrieden die Arme vor der Brust und grinste Jeong böse an.

Jeong drehte sich weg und ging hinüber zum Ausgang. Sie wartete neben der Glaskugel mit den Glückskeksen und kochte innerlich vor Wut. Natürlich trödelte Akemi absichtlich lange beim Anziehen. Jeong ärgerte sich noch mehr. Mist! Genau das wollte Akemi mit seinem Verhalten erreichen. Jeong beschloss, sich ihre Wut nicht anmerken zu lassen. Mit gespielter Gleichgültigkeit fischte sie einen Glückskeks aus dem Glasbehälter. Es musste doch verdammt noch mal eine chinesische Weisheit geben, die gegen diesen ekelhaften Bruder half.

Die Lampe in Finns Küche hing tief über dem groben Holztisch und verbreitete schummriges Licht. Regentropfen prasselten an die dunkle Fensterscheibe. Aurelia hockte auf dem Fensterbrett und betrachtete interessiert die blauen Leuchtbuchstaben auf dem Hoteldach gegenüber. Sie stieß dabei gurrende Laute aus und flatterte mit ihren blauen Flügeln.

»Siehste, Aurelia ist auch kalt. Du musst einheizen. Aurelia ist warme Temperaturen gewohnt. Schließlich kommt sie aus dem Amazonasgebiet.«

»Lizzy! Wie oft denn noch? Wir können nicht heizen, weil Karl unsere Kohlen noch nicht gebracht hat.«

Aurelia legte den Kopf schief und betrachtete ihr Spiegelbild in der Fensterscheibe. »Aurelia, Aurelia«, krächzte sie.

»Der ist nicht kalt«, murmelte Finn. »Sie fühlt sich einsam. Das ist alles.«

»Aber wir sind doch bei ihr.« Lizzy stand auf und streichelte behutsam Aurelias Köpfchen. »Na, du Süße? Hast du Heimweh?«

Finn stand auf und ging zum Fenster. »Weißt du, was ich nicht verstehe? Dieser Typ mit dem Spitzbart … einerseits hatte er kein Geld, um seine Restaurantrechnung zu bezahlen, aber andererseits besaß er genug Geld, um sich einfach ein Taxi zu leisten. Das ist doch nicht logisch.«

Lizzy spitzte die Lippen und sah zu, wie Aurelia auf

ihren Zeigefinger kletterte. »Vielleicht hatte der Mann ja Geld, aber er hat bloß vergessen zu bezahlen, weil er im Stress war.«

»Hm, könnte sein. Tom vergisst auch alles, wenn er im Stress ist. Sogar seinen eigenen Geburtstag.«

Aurelia flatterte von Lizzys Unterarm auf die Stuhllehne und von dort weiter auf den Küchenschrank. Neugierig beäugte sie die große Cornflakes-Packung, die auf dem Schrank stand.

»Da scheint jemand Hunger zu haben«, sagte Finn.

Er stieg auf den Stuhl und holte die Packung herunter.

»Das sieht nicht gut aus. Die Cornflakes sind vor einem Jahr abgelaufen.« Lizzy betrachtete skeptisch die Cornflakes-Packung. »Vielleicht versuchen wir's besser mit Müsli.«

Finn durchwühlte die Küchenschränke, aber außer ein wenig Kümmel und Beutelreis fand sich absolut nichts, was als Vogelfutter durchgehen konnte.

»Haltbarkeitsdatum. Das hat doch gar nichts zu sagen. Frag mal meinen Vater, der sieht das auch so.« Finn streute eine Handvoll Flakes auf den Tisch, und sofort begann Aurelia in der Küche umherzuflattern und krächzende Laute auszustoßen. Zwischendurch landete sie immer wieder auf dem Tisch und pickte mehrere Flakes mit ihrem krummen Schnabel auf. Von draußen hörte man die Wohnungstür zuschlagen und dann aufgeregtes Hundegebell. Aurelia sträubte ihr Gefieder, krächzte und flatterte panisch auf die Lampe. Blaue und gelbe Federn und Cornflakes wirbelten in der Küche umher, und Aurelia schwang dermaßen wild auf dem Lampenschirm herum, dass der Putz wie Schnee von der Decke rieselte.

»Tom ist mit Megabite zurück«, erklärte Finn. »Das war ja klar. Vogel und Hund – das geht einfach nicht gut.«

Erst nachdem Finn seinem Vater die Lage erklärt hatte und er Megabite in Finns Zimmer eingesperrt hatte, beruhigte sich Aurelia.

In einer sanften Kurve schwebte sie von der Deckenlampe auf Lizzys rechte Schulter und schmiegte ihren Kopf an ihre Wange.

»Hallo, Lizzy, lange nicht gesehen«, sagte Finns Vater.

Lizzy freute sich, Tom zu sehen. Im Gegensatz zu ihrem eigenen Vater war Tom immer freundlich. Doch beim Anblick des Chaos, das Aurelia in der Küche angerichtet hatte, rutschten Toms Mundwinkel nach unten, als hingen Bleigewichte dran.

»Ach, und das ist dann wohl unser Übernachtungsgast.«

»Aurelia-fünf-zwo«, bestätigte Aurelia, und Lizzy lächelte unschuldig.

Tom zog die Kühlschranktür auf und holte eine Flasche Limo heraus. Sein Gesicht sah müde aus. »Tja, Lizzy. Also, toll finde ich das nicht. Du siehst ja, was hier los ist.«

»Nur eine Nacht, bitte ...«

Toms Blick wanderte über den Dreck, die Cornflakes und die Federn, die auf dem Küchenboden lagen.

»Also nee. Was habt ihr euch bloß dabei gedacht?«

»Nur heute«, murmelte Lizzy. »Für morgen lasse ich mir was einfallen. Ganz sicher.«

Tom sah Lizzy an. Er lachte. »Okay, eine Nacht.«

»Trödel doch nicht so rum, es ist schon gleich halb acht. Wir müssen los.«

Akemi blätterte seelenruhig in seinem Buch »Tiere der Erde« und sah sich Papageienfotos an.

»Da sind ja bloß olle Sittiche drin. Mein Papagei ist aber viel größer und schöner, stimmt's?«

Jeong zog Akemi das Buch von den Knien.

»Erstens ist Aurelia nicht dein Papagei, und zweitens ist jetzt Abflug in den Kindergarten. Hier, bitte!« Jeong hielt Akemi seine Schuhe hin.

Akemi streckte die Beine über die Bettkante und wackelte mit den Füßen.

»Du musst mir meine Schuhe anziehen. Mama sagt, wenn ich was nicht kann, musst du das machen.«

Jeongs Gesicht verfinsterte sich.

»Du kannst sehr wohl allein deine Schuhe anziehen, aber du willst nicht.« Akemi grinste herausfordernd. Jeong seufzte tief und steckte ihrem Bruder die Schuhe auf die Füße. Wenn sie nicht schnell machten, würde sie wegen Akemi zu spät zur Schule zu kommen. Dazu hatte Jeong keine Lust.

Wenig später trabte Jeong mit hochgezogenen Schultern hinter Akemi den Bürgersteig entlang. Wolken, dick wie Griespudding, hingen am Himmel, und in den Bäumen bewegten sich nur noch vereinzelt trockene Blätter im Wind. Von Jeongs Gesicht waren nur ihre dunklen Augenschlitze zu sehen. Über Nase und Mund hatte sie ihren geringelten Schal gezogen. Jeongs Hände steckten in den Seitentaschen ihrer Trainingsjacke und befühlten ihren grummelnden Bauch. Armer Bauch. Ein Wunder, dass er bei so viel Wut über die kleine Stinkmorchel nicht längst geplatzt war. Akemi, der auf dem Bürgersteig in einiger Entfernung vor Jeong herlief, blieb stehen und drehte sich um. Etwas Warnendes lag in seinem Blick. Jeong wusste, was das zu bedeuten hatte. Sie sollte Abstand halten! Auf dem Weg zum Kindergarten durfte Jeong Akemi nur in einem Abstand von zehn Metern folgen. Das hatte Akemi eigens so festgelegt, weil die anderen Kinder denken sollten, dass er ganz allein und ohne Aufpasser in den Kindergarten kam. Das fand Akemi cool und erwachsen. Aber heute würde der kleine Giftzwerg sein blaues Wunder erleben. Jeong würde ihm einen dicken Strich durch die Rechnung machen. Eben erreichte Akemi die Kreuzung, an der man zum Kindergarten abbiegen musste. Er blieb stehen und wartete auf das grüne Signal an der Fußgängerampel. Schnell holte Jeong auf. Das war die perfekte Gelegenheit. Keine Eltern, keine Schülerlotsen, keine rührseligen alten Damen, die im Ernstfall Mitleid mit einem pausbäckigen kleinen Jungen zeigen würden. Bloß ein Typ mit Hakennase auf der anderen Straßenseite. Der trug eine schwarze Lederjacke und sah nicht so aus, als würde ihn eine kleine Auseinandersetzung unter Geschwistern interessieren. Noch vier Meter, drei, zwei … Jeong hakte ihre Daumen unter die Trageriemen ihres Rucksacks, nahm Akemis Hintern ins Visier und setzte lautlos und geschmeidig zu einem Fußtritt an. Plötzlich drehte Akemi sich um. Jeongs Bein hing in der Luft, und Jeong fuchtelte mit den Armen wie ein Huhn im Sturzflug.

Akemi kniff die Augen zusammen. »Du, Jeong!«

»Ja?« Jeong ruderte mit den Armen und fand ihr Gleichgewicht wieder. Mist. So eine schöne Gelegenheit würde nicht so schnell wiederkommen. Sie hätte ein bisschen schneller sein müssen.

»Was ist das für ein Mann?«, flüsterte Akemi. Der Mann mit der Hakennase schaute kurz zu ihnen herüber. Dann bog er um die Ecke und lief schnell in Richtung Kiosk davon. Die Fransen an den Ärmeln seiner Lederjacke flatterten.

»Der hat die ganze Zeit so komisch zu uns rübergeguckt«, sagte Akemi. »Kennst du den?«

»Nee, keine Ahnung.« Jeong setzte ihr schokoladigstes Lächeln auf. Akemi hatte scheinbar nichts von ihrer bösen Absicht mitbekommen. Oder hatte er etwas geahnt und sich deshalb umgedreht? Zuzutrauen wäre es ihm. Die Ampel sprang auf Grün, und Akemi lief los. Jeong wartete einen Moment und ging dann hinter Akemi über die Straße. Beim Gehen fühlte sie eindeutig ein warmes Kribbeln in den Zehen ihres rechten Fußes. Akemi würde seinen Tritt in den Hintern noch bekommen. Dazu war es nie zu spät.

Lizzy saß auf dem Metallgeländer vor dem Schultor und starrte sich die Augen aus dem Kopf. Schon fünf vor acht, und Jeong war immer noch nicht aufgetaucht. Lizzy wippte nervös mit den Knien und hielt die große Packung Vogelfutter fest an die Brust gepresst.

»Hallo, Lizzy. Ist Jeong noch gar nicht da?«

Lizzy hüpfte von der Metallstange.

»Hallo, Frau Bux.«

Frau Bux war Lizzys Klassenlehrerin. Lizzy konnte sie sehr gut leiden. Frau Bux wusste so ziemlich alles über Computer und Internet, was man sich vorstellen konnte.

»Sag mal, übertreibst du jetzt nicht ein bisschen?« Frau Bux zeigte auf das Vogelfutter. »Ich weiß zwar, dass du

Vegetarierin bist, aber Vogelfutter als Pausensnack … ist das wirklich gesund?«

Lizzy bewegte sich rückwärtsgehend neben Frau Bux auf das Schultor zu. Sie wollte auf keinen Fall Jeong verpassen, die jeden Moment kommen musste.

»Äh, Lizzy? Ist alles in Ordnung mit dir?« Frau Bux war wegen Lizzys merkwürdiger Art der Fortbewegung ernsthaft besorgt. »Zeig mal, was da alles drin ist.«

Lizzy gab Frau Bux das Vogelfutter.

»Aha: Papageien-Verwöhnmischung. Fördert Vitalität, Verdauung und Intelligenz. Gereifte Sonnenblumenkerne, Buchweizen, Reis, Hafergrütze. Hört sich eigentlich ganz lecker an.«

»Das ist nicht für mich.« Lizzy nahm Frau Bux die Packung aus der Hand. »Ich hab gestern einen Ara gefunden. Einen Ara ararauna.«

»Ach, du hast jetzt 'n Vogel?« Frau Bux grinste.

Lizzy blieb ernst.

»Ich hab den Vogel bloß gefunden, er gehört mir nicht. Da kommt Jeong.«

Frau Bux tippte auf ihre Armbanduhr, was so viel heißen sollte wie »Beeilung«, und stieß die blaue Schwingtür auf.

Mit zwei Schritten war Lizzy bei Jeong.

»Wie geht's Aurelia? Frisst sie? Spricht sie? Hat sie neue Zahlen gesagt?«

»Keine Ahnung. Ich war nicht bei Finn heute Morgen.«

Lizzy riss erschüttert den Mund auf.

»Aber … wieso?«

Jeongs Lippen kräuselten sich.

»Lizzy, du vergisst, dass ich morgens den kleinen Stinkwurm am Hals habe.«

»Mensch, ich hab doch bloß gefragt. Kann ich was dafür, wenn du schlechte Laune hast?«

Jeong stieß wütend die Schwingtür auf. »Wie geht's Aurelia, hat sie gesprochen? Hat sie gefressen? Hat sie neue Zahlen gesagt? Wie's mir geht, interessiert dich gar nicht, oder?«

Lizzy blieb stehen.

»Okay. Wie geht's dir?« Lizzys Finger trommelten ungeduldig auf der Vogelfutterpackung.

»Wenn du's genau wissen willst: miserabel. Meine Mutter will, dass Akemi den Ara bekommt.«

»Akemi?« Lizzys Gesicht hellte sich auf. »Aber das ist doch wunderbar. Das bedeutet, dass Aurelia bei euch bleiben und ich sie jeden Tag besuchen kann.«

Jeong schüttelte mit schmalen Augen den Kopf. »Irrtum. Das bedeutet, dass ich auf Aurelia aufpassen muss und auf meinen Bruder dazu. Mann, Mann, Mann. Ein schräger Vogel reicht mir. Als ob ich nicht schon genug an den Hacken habe. Ich brauch nicht auch noch deinen blöden Ara.«

»Aber Aurelia ist ein intelligentes Tier. Außerdem kennt sie geheime Koordinaten, und wenn wir …!«

»Lizzy. Jetzt hör mal zu. Wir hatten in der letzten Zeit beim Geocaching eine Pechsträhne, und die Dogs waren gestern schneller als wir. Das ist zwar bitter, aber es ist noch lange kein Grund, rumzuspinnen und sich überall Koordinaten zurechtzuphantasieren.«

»Aurelia kennt ein Schatzversteck, Jeong. Ich spür das ganz tief in mir drin!« Lizzy legte feierlich beide Hände auf die Brust.

»Vergiss es, Lizzy. Deine Koordinaten sind leeres Papageiengeschwätz.«

Jeong ließ Lizzy einfach stehen und stieß die Tür zum Klassenzimmer auf.

Sofort nach dem Unterricht machten sich Lizzy und Jeong zur Zoohandlung auf, um einen Käfig für Aurelia zu kaufen. Die Zoohandlung war in der zweiten Etage eines großen Einkaufszentrums, und es roch dort ziemlich stark nach Kaninchen und Vogelstreu. Die Verkäuferin war groß und dünn, trug eine Zahnspange und war höchstens acht Jahre älter als Jeong und Lizzy. Sie führte die Freundinnen durch hohe Regalfluchten mit Katzenhäusern, Tierspielzeug und Hamsterrädern zur Vogelabteilung. »Ein Ara, mhm!«, murmelte sie. »Der braucht dann schon was Größeres. Hier sind unsere Volieren. Natürlich müsst ihr euren Papagei aber so oft wie möglich im Zimmer frei herumfliegen lassen!«

»Machen wir.« Jeong und Lizzy nickten und besahen sich die Käfigauswahl. Sie entschieden sich für einen hohen weißen Käfig, den man zusammenklappen und zu Hause aufbauen konnte. Lizzy wurde es schwummerig vor Augen, als die Verkäuferin den Preis nannte.

»Mach dir keine Sorgen«, beruhigte Jeong sie. »Wenn Akemi einen Wunsch hat, spielt Geld keine Rolle.«

»Wollt ihr euch noch unsere Sittiche ansehen?«, fragte die Verkäuferin. »Wir haben richtig seltene Tiere dabei. Kakadus und sogar einen Gelbbauch-Ara, er heißt Pim.« Die Verkäuferin schloss die Glastür zu einem kleinen Trakt mit geräumigen Vogelbehausungen hinter Glaswänden auf.

»Wahnsinn, der sieht haargenau so aus wie Aurelia!« Lizzy stand mit glänzenden Augen vor dem Gelbbauch-Ara. Pim neigte den Kopf zur Seite und schaute Lizzy und Jeong neugierig an.

»Ihr solltet ernsthaft über die Anschaffung eines zweiten Tieres nachdenken. Aras brauchen Gesellschaft. Die sind nicht gern allein.« Die Verkäuferin grinste, und ihre Zahnspange blitzte silbern in ihrem Mund. »Pim kostet tausend Euro, er ist ein Sonderangebot.«

»Alles klar«, hauchte Lizzy. »Kein Problem – tausend Euro. Sonst haben wir immer so viel Geld dabei, nur heute leider nicht.« Lizzy griff nach Jeongs Unterarm und flüsterte. »Komm, wir gehen. Tausend Euro! Die haben doch hier 'n Hamsterrad ab, wenn du mich fragst.«

Als Lizzy und Jeong durch die Seilerstraße nach Hause gingen, kam ihnen auf der anderen Straßenseite der Mann mit der Fransenlederjacke entgegen.

»Guck mal da!« Jeong blieb stehen. Es war der Typ mit der Hakennase, und er schien es ziemlich eilig zu haben. Beim Gehen guckte er ständig nach oben, als sähe er den Möwen hinterher. Seine rechte Wange war zerkratzt. Als der Mann Jeong entdeckte, machte er kehrt und lief in die andere Richtung davon.

»Merkwürdiger Kerl. Kennst du den?«, wollte Lizzy wissen.

»Ja, die Hakennase war heute Morgen auf dem Weg zum Kindergarten hinter uns her. Komisch. Was macht der denn überhaupt hier?« Jeong beschleunigte ihre Schritte. Sie hatte das Gefühl, dass irgendetwas nicht stimmte. Als die Freundinnen in die Straße zu Jeongs Wohnhaus einbogen, fing Jeongs Herz an, aufgeregt zu pochen. Ihre Finger zitterten, als sie versuchte, das Haustor aufzuschließen.

»Was ist denn plötzlich los mit dir?«, fragte Lizzy.

»Ich weiß nicht, irgendwas stimmt nicht! Los, komm, wir müssen zu Aurelia!«

Sofort sprintete Lizzy los. Ihre kaputten Leinenturnschuhe flitzten vor Jeong die Treppe hoch. Dass Lizzy so schnell rennen konnte, hätte Jeong nicht für möglich gehalten. Normalerweise machte sie um jede körperliche Anstrengung einen Bogen, aber bei dem Stichwort »Aurelia« hüpfte sie die Stockwerke hoch, als hätte sie Sprungfedern unter den Füßen.

»Verdammt, wenn ihr bloß nichts passiert ist!«, hörte Jeong die Freundin rufen. Wenige Sekunden nach Lizzy erreichte Jeong den zweiten Stock. Erst bemerkte sie es gar nicht, weil Lizzy wie angewurzelt vor der Tür stand. Aber als Lizzy sich mit panischem Gesicht zu ihr umdrehte, sah sie, was los war. Die Tür von Finns Wohnung stand halb offen.

»Das gibt's doch nicht«, flüsterte Jeong. »Warum lässt er denn die Tür offen stehen?«

Lizzy formte mit den Händen einen Trichter vor dem Mund: »Finn? Bist du da drin?« Keine Antwort.

Unten im Flur ging die Haustür auf, und man hörte Megabites aufgeregtes Bellen.

»Finn?«

»Ja!«

Finn keuchte mit Megabite auf dem Arm die Treppe hoch. »Ich war eben mit Meggi draußen. Er ist total außer Rand und Band wegen des Vogels.«

»Und warum hast du nicht abgeschlossen?«

Jeong drückte mit der Schuhspitze die Wohnungstür

auf. Finns Gesicht wurde weiß wie Ziegenkäse. Der Fußboden im Flur bot ein schreckliches Bild der Verwüstung. Jemand hatte den Kleiderständer umgerissen, und Mäntel, Schals und Mützen lagen auf dem Boden, dazwischen Federn, Papierfetzen und Cornflakes.

»Was ist das denn?«

Vorsichtig stapfte Finn über die Klamottenberge im Flur zur Küche. »Aurelia?« Die offene Küchentür gab den Blick auf noch größeres Chaos frei. Die Vorhänge waren heruntergerissen, und Scherben von zerbrochenem Geschirr lagen auf dem Tisch und in der Spüle.

»Warte!« Jeong hielt Finn am Arm fest. »Es ist besser, wenn du hier drin nichts anrührst. Ich glaube, da hat jemand eingebrochen.«

Lizzy legte erschrocken beide Hände an die Wangen. »Aurelia. Jemand hat sie geklaut! Wir müssen die Polizei rufen.«

Toms Vater traf wenige Minuten nach der Polizei ein. Die Wangen unter seinem Bart waren rot vor Aufregung.

»Meine Güte, Finn. Warum hast du denn nicht richtig abgeschlossen?«

»Abgeschlossen hat er wahrscheinlich«, stellte der Polizist mit den grauen Igelhaaren fest. »Aber so ein Schloss knackt jeder Anfänger mit einer Büroklammer. Wir predigen seit Jahren, dass man in dieser Gegend ein Sicherheitsschloss braucht. Können Sie feststellen, ob etwas fehlt? Wertsachen vielleicht, Bargeld, Bilder?«

Tom sah im Koffer im Schlafzimmerschrank nach, in dessen Trennfach er Sparbücher und wichtige Urkunden versteckte. Es war alles noch da. Auch die Fotoausrüstung und die beiden Computer.

»Zum Glück fehlt nichts«, stellte Tom fest. »Nicht mal in der Haushaltskasse, soweit ich das überblicke.«

Der Polizist notierte alles, was Finns Vater sagte, in ein schwarzes Notizbuch. Dann klappte er das Buch zu und schob seine Brille mit dem Bleistift zurecht. »Der Einbrecher ist wahrscheinlich von jemandem überrascht worden. Er musste fliehen, bevor er etwas erbeuten konnte. Solche Fälle hatten wir in letzter Zeit öfters. Diese Jungs werden immer dreister. Die brechen sogar ein, wenn jemand zu Hause ist.«

»Aber es fehlt doch etwas!«, rief Lizzy. »Unser Ara.«

Der Beamte verzog spöttisch den Mund. »Aber Mädchen, das hat doch mit dem Einbruch nichts zu tun. Da hat jemand das Klofenster offen gelassen.« Zum Beweis zog der Polizist die Tür zur Toilette auf. Tatsächlich stand dort das Fenster auf Kipp.

Lizzys Gesichtsfarbe wechselte zu Chilirot, und ihre Augen blitzten Finn wütend an.

Finn schüttelte abwehrend den Kopf. »Ich hab alle Türen fest verschlossen, Lizzy. Glaub mir. Da war alles zu.«

»Das kann man hinterher immer leicht behaupten«, bemerkte der Polizist spitz. »Was für ein Vogel war's denn?«

»Ein Ara ararauna.«

Der Polizist nickte ernst und wichtig. Aber Jeong konnte ihm genau ansehen, dass er nicht die geringste Ahnung hatte, um was für ein Tier es sich handelte. Er steckte sein Notizbuch ein und machte sich am Toilettenfenster zu schaffen. »Also, dann scheint es wohl so, dass sich euer Vogel das Fenster selbst aufgemacht hat, oder was meinst du?« Der Polizist lachte über seinen Scherz. Wie ein Auto mit stotterndem Motor klang das.

»Warum glauben Sie mir nicht einfach?«, sagte Finn. »Der Vogel war in der Küche, und alle Türen waren fest verschlossen.«

Der Polizist schüttelte entnervt den Kopf. Er konnte absolut nicht glauben, was Finn ihm sagte. Tom schaute nervös auf sein Handy. Offenbar hatte er es eilig, wieder zur Arbeit zu kommen. »Finn, oft glaubt man, dass man Sachen gemacht hat, und dann sieht man später, dass man's doch nicht gemacht hat. Ich dachte heute Morgen auch, ich hätte meinen Presseausweis eingesteckt, und dann …« Weiter kam Finns Vater nicht.

»Papa, ich bin doch nicht blöd!«, fauchte Finn.

»Natürlich nicht. Das hab ich auch gar nicht behauptet. Lass uns heute Abend noch mal über alles reden, ja? Zum

Glück ist ja nichts weggekommen. Das ist doch die Hauptsache.«

»Schön, dann machen wir uns wieder auf die Socken. Falls Sie doch noch was vermissen, rufen Sie uns gerne an.« Der Polizist schloss die Klotür.

»Aber Aurelia! Sie müssen doch nach ihr suchen«, beharrte Lizzy.

»Vergiss es«, meinte Jeong. »Die Polizei sucht nicht nach Tieren. Autos ja, Tiere nein.«

Lizzy nagte an ihrer Unterlippe und sah zu, wie der Polizist über die Berge von Klamotten durch den Flur zur Tür schritt. Am Eingang drehte er sich noch mal um. »Mehr können wir im Moment nicht für Sie tun.« Er setzte ein breites Grinsen auf. »Aber kaufen Sie sich ein Sicherheitsschloss.«

Tom nickte müde. Der Grauhaarige zeigte mit dem Daumen nach oben, dann lief er die Treppe runter.

»Einbruch?« Finn schüttelte immer noch fassungslos den Kopf. Megabite scharrte mit den Vorderpfoten unter der Anrichte und winselte. Finn zog ihn am Halsband zu sich. »Komm her, Alter. Die Cornflakes sind doch schon labbrig. Die magst du gar nicht.«

»Ach, und für Aurelia waren sie gut genug?« Lizzy schüttete den Haufen Scherben und Flakes von ihrem Kehrblech in die Mülltonne. Bis auf die schief hängende

Gardine waren alle Spuren des Chaos beseitigt. Finn und Jeong hatten im Flur aufgeräumt und Lizzy in der Küche.

Sie wischte ihre schmutzigen Hände an den Ärmeln ihrer Strickjacke ab. Eine Zeit lang stierte sie aus dem Küchenfenster, dann hockte sie sich zu Finn und Jeong an den Küchentisch. »Das ist echt bescheuert.«

»Was?«

»Dass ihr mir nicht glaubt.«

»Lizzy, kein Mensch bricht ein, nur um einen Papagei zu stehlen. So was hab ich noch nie gehört.« Finn hob Megabite auf seinen Schoß und kraulte seinen Rücken.

»Bei einem wertvollen Rauhaardackel mit Stammbaum wäre das natürlich was anderes«, sagte Finn.

Megabite riss gähnend die Schnauze auf und schüttelte sich.

Lizzys Mundwinkel zuckten verächtlich. »Wieso? Im Gegensatz zu Megabite ist Aurelia ein intelligentes, sprachbegabtes Tier!«

»Ich weiß nicht, aber dein Getue um den Vogel ist völlig übertrieben. Nur weil er irgendwelche Zahlen vor sich hin plappert, ist er noch lange nicht sprachbegabt.«

»Es sind nicht irgendwelche Zahlen, geht das nicht rein in dein Erbsenhirn? Es sind Koordinaten. Ko-or-di-naten.«

»Schon klar.«

Finn streckte die Beine aus und wackelte mit den Füßen. Er schaute kopfschüttelnd zu Jeong und seufzte. Es hatte einfach keinen Sinn, mit Lizzy über etwas zu diskutieren, wenn sie sich in eine Idee verrannt hatte.

Jeong zog die Nase kraus. Blöd, dass ihr nichts Richtiges einfiel, um Lizzy auf andere Gedanken zu bringen.

»Versteht ihr nicht?«, rief Lizzy. »Warum sollte man Aurelia sonst klauen? Sie ist so wertvoll wie ein geheimes Dokument. Sie ist eine verschlüsselte Botschaft, ein geflügeltes Geheimnis!«

Finn starrte Lizzy an. Jetzt hatte sie scheinbar komplett den Verstand verloren. Arme Lizzy! Aber es war auch irgendwie verständlich. Lizzy war Schatzjägerin mit Leib und Seele, und dass die Dogs ihr einen Cache vor der Nase weggeschnappt hatten, konnte sie nur schwer verkraften. Aber musste sie sich deshalb in diese verrückte Idee mit dem Papagei verrennen?

»Lizzy, ich kann verstehen, dass du Aurelia vermisst. Dass sie weggeflogen ist, ist traurig. Aber sie ist deshalb noch lange kein Wundervogel.«

Lizzy pulte am Loch im Ärmel ihrer verwaschenen Strickjacke. »Mensch, wie oft denn noch? Aurelia ist nicht weggeflogen. Sie ist geflohen vor dem Typ, der bei euch eingebrochen hat. Jetzt überleg mal: Der Einbrecher knackt die Tür und findet Aurelia in der Küche. Er versucht, sie zu fangen. Natürlich lässt sich Aurelia das nicht gefallen. Der Einbrecher bekommt ihren krummen Schnabel zu spüren, und die Verfolgungsjagd geht durch die ganze Wohnung. Der Dieb verliert den Überblick und reißt die Klotür auf. Das gekippte Fenster ist Aurelias Rettung. Sie flattert durch und haut ab.«

»Hui. Das klingt ja tatsächlich nach einer ganz wilden Fantasygeschichte.« Finn kraulte Megabite hinter den Ohren. Megabite blinzelte verzückt mit halb geschlossenen Augenlidern.

»Das ist keine Phantasie, sondern Wirklichkeit. Aber wenn du zu doof bist, das zu kapieren, kann ich dir auch nicht helfen.«

Lizzy schaute prüfend zu Jeong hinüber. Jeong senkte den Blick und tippte mit dem Zeigefinger an ihre Lippen. Nach einer Weile atmete sie tief durch.

»Also, kann sein, dass Lizzy recht hat. An der Geschichte ist was dran.«

Finn sah Jeong überrascht an. »Jetzt fängst du auch noch an mit dem Kram?«

Jeong erzählte Finn die Geschichte von dem merkwürdigen Kerl mit der Hakennase, der sie und Akemi auf dem Weg zum Kindergarten verfolgt hatte, und dass sie den gleichen Mann heute Nachmittag mit zerkratztem Gesicht auf der Straße gesehen hatte, bevor sie den Einbruch feststellten. »Der Mann ist in der Seilerstraße an uns vorbeigelaufen. Und er hat immer nach oben geguckt, als wäre ihm etwas davongeflogen und säße auf einem der umliegenden Dächer«, berichtete Jeong.

Finn sah sie nachdenklich an. »Glaubst du diesen Blödsinn jetzt etwa auch?«

»Aurelia ist ein Goldvogel«, erklärte Lizzy eindringlich. »Ich wette, sie kennt das Geheimnis zum größten Schatz in Hamburg. Nur deshalb hat die Hakennase Jagd auf sie gemacht!«

Finn saß einen Moment lang schweigend da. Dann räusperte er sich, stand auf und ging zum Fenster.

4. Hotel Monopol

Draußen war es dunkel geworden. Nur das Ticken der Uhr war zu hören und das Prasseln des Regens an der Fensterscheibe. Auf dem Dach gegenüber waren die beleuchteten Neonbuchstaben zu sehen. »loponoM letoH«, las Lizzy stumm, weil sie die Buchstaben von der Rückseite sah. Natürlich musste das »Hotel Monopol« bedeuten. Auf den großen blauen Buchstaben saßen dicht aneinandergedrängt Möwen.

»Aurelia kommt aus dem Amazonasgebiet und ist tropische Temperaturen gewohnt«, dachte Finn laut nach. »Wenn ich ein frierender Vogel wäre, wisst ihr, was ich dann tun würde?«

Finn öffnete das Fenster. Eine Windböe wehte Regentropfen herein. Megabite hob empört seine Schnauze.

»Da drüben, die Möwen, seht ihr? Die in der Mitte, die ist doch etwas größer als die anderen, oder?«

Lizzy drängte sich neugierig neben Finn und schaute ebenfalls zu den beleuchteten Neonlettern. »Das ist sie! Das muss Aurelia sein!«

»Warte, das haben wir gleich!« Finn lehnte das Fenster an und lief nach nebenan.

»Brrr, ist das kalt!« Jeong schlang die Arme um ihren Oberkörper. »Hoffentlich kommen die Kohlen bald. Man friert sich hier ja den Hintern ab.«

Wenige Sekunden später blickten acht Augenpaare aus dem dunklen Fenster hinüber zum Hotel. Megabite saß auf Finns Arm und hauchte beim Gähnen einen großen nassen Fleck an die Scheibe. Jeong drehte an der Entfernungsschraube von Finns Fernglas. »Ich kann beim besten Willen keinen Ara erkennen. Es ist viel zu dunkel da drüben.«

Jeong reichte das Fernglas an Finn weiter. Er hielt es sich vor die Augen. »Der zweite von rechts ist es, ich schwör's dir. Seine Federn glänzen dunkler als die der anderen Vögel.«

Lizzy nahm Finn das Fernglas aus der Hand. »Sag ich doch. Das ist Aurelia. Finn hat recht. Wenn ich ein Amazonasvogel wäre, würde ich bei dem kalten Wetter auch höchstens bis da rüber flattern und mich ganz angenehm zwischen all die Möwen kuscheln. Seht ihr die Luke neben den Neonbuchstaben? Von dort aus scheint man aufs Dach zu kommen.«

Jeongs Finger tippte gegen ihren angespannten Mund. »Schön und gut. Aber wie kommen wir zu der Luke?«

»Na, ganz einfach: durchs Hotel!«, rief Lizzy.

»Du bist gut! Glaubst du, der Portier lässt uns einfach so mir nix, dir nix durch? Was sollen wir dem denn sagen: Tut uns leid, wir müssen mal eben aufs Dach, weil unser Papagei da sitzt?«

Lizzy schwieg und dachte nach. Es stimmte, was Jeong sagte. So einfach würden sie es nicht haben, wenn sie aufs Dach des Hotels wollten.

»Ich hab mal in einem Film gesehen, wie das geht«, erklärte Finn. »Du ziehst dir was Schickes an, setzt eine coole Sonnenbrille auf und tust so, als würdest du jemand Berühmten besuchen wollen, der im Hotel wohnt. Der Portier lässt dich vorbei, und du nimmst den Fahrstuhl zum Dach.«

»Und das würdest du wirklich für mich tun, Finn?« Lizzy strahlte.

Finns Mund bildete eine bleistiftstrichdünne Linie. »Ich? Also, nee, Lizzy. Das kannste vergessen. Aurelia ist doch dein Vogel.«

»Bitte, Finn.« Lizzy hob flehend die Hände. »Du hast so viele coole Klamotten, dass du den Schrank nicht zukriegst, und drei Sonnenbrillen. Stell dir vor, Megabite säße da drüben auf dem Dach. Da würdest du doch auch rübergehen und ihn holen. Bitte, tu's mir zuliebe.«

Jeong rieb nachdenklich ihre Wangen zwischen Daumen und Zeigefinger. »Ich glaub, ich hab eine Idee. Wo ist der Presseausweis von deinem Vater?«

»Draußen in der Schublade. Aber wie soll der uns weiterhelfen?«

»Hol ihn mal, dann erklär ich's dir. Ihr beide zieht die Aktion gemeinsam durch.«

Finn öffnete den Mund, um etwas zu entgegnen. Aber dann setzte er Megabite ab und ging in den Flur. Lizzy und Jeong hörten, wie er verärgert vor sich hin murmelte und in den Schubladen der Kommode kramte.

Lizzy lächelte und hielt Jeong die flache Hand hin. Jeong schlug drauf und stieß dann ihre Faust gegen die von Lizzy.

»Da ist der Ausweis. Und jetzt?« Finn hielt Jeong den Presseausweis hin.

Jeong grinste geheimnisvoll. »Jetzt zieht ihr beiden Hübschen euch was Nettes an.«

Der Hotelportier war ein glatzköpfiger Koloss in dunkelblauer Uniform. Die Kragenspitzen seiner Jacke bohrten sich in seine fleischigen Wangen, als er Lizzy und Finn durch seine dicke Hornbrille musterte.

»Verzeihen Sie«, näselte Finn. »Finn Zinn mein Name. Der Sohn des Fotografen Tom Zinn.« Der Portier runzelte kritisch die Stirn und betrachtete Finns blau-weiß gestreiften Seidenschal, der sich unter seiner roten Lederjacke bauschte. Finn schob seine Sonnenbrille lässig in den Haaransatz und lächelte cool.

»Was wollt ihr?«, schnauzte der Glatzkopf unfreundlich. Lizzy lehnte sich mit dem verklärten Gesichtsausdruck eines berühmten Filmstars neben Finn an die Theke. Sie trug Jeongs pinkfarbenen Regenmantel, der ihr um den Bauch viel zu weit war, und Akemis gelben Regenhut.

»Ich bin Lizzy Busy, Finns Freundin.«

Die Augenbrauen des Portiers zogen sich über seiner Brille zu einem schwarzen Gestrüpp zusammen. Offenbar hielt er Lizzys und Finns Auftritt für einen schlechten Witz. Aber Finn ließ sich nicht aus der Ruhe bringen.

»Tommy, also, mein Vater, ist gerade bei einem gaaanz wichtigen Shooting hier im Hotel. Er hat seinen Presseausweis vergessen.«

Finn kramte sein Portemonnaie aus der Brusttasche und legte Toms Presseausweis auf die Theke.

»Hm!« Der Portier rückte seine Brille zurecht.

Lizzy zog den Hut vom Kopf und schüttelte ihre Locken. »Tommy braucht den Ausweis ganz fürchterlich dringend. Ohne den ist er komplett aufgeschmissen.«

Der Portier besah sich die grüne Karte. »Hm ..., Zinn. Ich glaub, den Namen hab ich schon mal gehört.«

Finn unterdrückte sein erleichtertes Aufatmen. »Natürlich haben Sie das, meinen Vater kennt auf dem Kiez schließlich jedes Kind.« Finn fuhr sich mit einer lässigen Handbewegung durchs Haar. »Wir müssen ihm unbedingt den Ausweis bringen.«

»Genau.« Lizzy klimperte mit den Augenlidern. »Ohne den Ausweis kann er ja gar nicht richtig arbeiten. Sie verstehen ...?«

Der Portier sah Lizzy mit zusammengekniffenen Augen an. Dann gab er Finn den Ausweis zurück.

»Und wen fotografiert er denn heute so, dein Vater?«

Der Portier schien Finn und Lizzy immer noch nicht zu glauben. Finn spähte hinter sich, ob auch keine Lauscher in der Nähe waren. Dann winkte er den Portier über die Theke zu sich herunter und flüsterte etwas in sein Ohr. Der Portier hob überrascht die Augenbrauen.

»Wirklich, aber das ist ja ... das ist ja toll!«

Der Portier setzte ein freundliches Grinsen auf.

»Wenn das so ist, bitte schön, Zimmer 432, vierter Stock!« Er wies hinüber zur Lifttür neben der Treppe. Finn stellte den Kragen seiner Lederjacke hoch und hob unauffällig den Daumen in Richtung Eingangstür. Jeong, die mit Megabite draußen stand und alles beobachtete, wackelte zum Zeichen, dass sie verstanden hatte, mit ihrem Regenschirm. Dann zog sie Megabite vom Eingang weg und verschwand in der Dunkelheit.

Lizzy und Finn schritten eingehakt auf die Lifttür zu. »Nicht so schne-hell«, raunte Finn. »Es muss so aussehen, als hätten wir alle Zeit der Welt. Richtig wichtige Leute haben es nie eilig.«

Lizzy nickte und setzte ihre Turnschuhe extra langsam voreinander. Mit einer lässigen Handbewegung drückte sie den Liftknopf.

Der Portier kam mit einer dunkelroten Mappe auf sie zu. Lizzys Magen wurde von einer großen, unsichtbaren Faust zusammengedrückt. Der Portier stand vor ihnen und rieb sich unentschlossen sein Kinn. Finn blieb die Ruhe selbst. »Was gibt's denn noch?«, fragte er mit gelangweiltem Gesicht.

Der Portier zog einen Papierbogen aus seiner Mappe und machte ein ernstes Gesicht. Dann tastete er an den Außentaschen seiner Uniform herum. »Wo hab ich denn ... ach ja, da!« Er zog einen Kugelschreiber heraus und hielt ihn Finn hin.

»Wenn ihr oben seid, könntet ihr mir ... also, wenn es keine Umstände macht ... ein Autogramm von Bodo Lindenlaub, das wäre phantastisch.«

Finn nahm Blatt und Stift an sich und lächelte gütig wie der Weihnachtsmann persönlich. »Na klar, das machen wir. Ist überhaupt kein Problem. Schließlich hab ich auch mal für Bodo Lindenlaub geschwärmt.«

Der Portier machte eine verlegene Verbeugung und riss die Lifttür auf. Finn griff Lizzy fest unterm Arm und zog sie mit sich hinein. Er schloss die Innentür, und der Fahrstuhl sauste los.

»Puh!« Lizzy lehnte sich erschöpft gegen die rot gepolsterte Wand. Ihr war so schummerig vor Aufregung, dass sie überall kleine Papageien flattern sah. »Das ist vielleicht anstrengend, so ein Theater zu spielen.«

»Da siehst du mal, dass Schauspieler ihr Geld sauer verdienen müssen.« Finn zog Lizzy von der Fahrstuhlwand weg und winkte lustig in die kleine schwarze Linse an der Decke.

»Nicht schlappmachen, Lizzy«, raunte er ihr zu, ohne die Lippen zu bewegen. »Die haben überall Kameras hier drin. Du musst eine gute Figur abgeben.« Ein Bimmelton kündigte die Ankunft des Aufzugs im vierten Stock an. Lizzy und Finn stiegen aus.

»Für den Rest nehmen wir die Treppe«, erklärte Finn. Lizzy folgte Finn über den Flur in Richtung des grünen Pfeils, der sich auf dem Schild mit dem laufenden Männchen gegenüber der Lifttür befand.

»Das ist der Notausgang. Der führt sicher übers Treppenhaus.« Der dicke rote Spannteppich verschluckte die Schritte der Freunde, bis sie vor einer weißen Metalltür standen. »Treppenhaus« stand darauf. Finn drückte die Klinke runter und zog die Tür auf. »Mist!« Im Treppenhaus war es stockdunkel. Ein kalter Lufthauch wehte ihnen entgegen. »Da!« Lizzy entdeckte ein flackerndes Funzellicht an der gegenüberliegenden Wand. »Warte, ich mach uns Licht!«

Mit einem lauten »Klack« ging die Neonbeleuchtung im

Treppenhaus an. Dann gaben Finn und Lizzy Gas. Sie jagten die kahle Betontreppe nach oben. Im sechsten Stock mündete die Treppe in eine schmale Metallleiter, an deren oberem Ende die Dachluke erkennbar war. Finn nickte Lizzy entschlossen zu und kletterte die Leiter nach oben. Lizzy hielt mit beiden Händen die Leiter fest und sah zu, wie Finn versuchte, über Kopf die Tür zum Dach aufzudrücken. Lizzys Herz wummerte vor Aufregung. Hoffentlich war der Zugang nicht abgeschlossen!

»Verdammt, die Tür ist so dicht wie bei einem Tresor!«, schimpfte Finn.

»Guck mal, die kleine Luke. Das Fenster links neben dir. Vielleicht ist das offen!«, rief Lizzy.

Finn drehte den Kopf in beide Richtungen. Nirgends konnte er die Luke erkennen, von der Lizzy sprach.

»Na, da!«

Jetzt sah Finn sie. Gegenüber der Tür in Dachnähe befand sich eine kleine Lüftungsklappe. Finn lehnte sich hinüber.

»Verflixt. Ich komme nicht ran.«

»Warte, ich helf dir.« Entschlossen kletterte Lizzy nach oben.

»Lass mich mal versuchen«, keuchte sie aufgeregt. »Halt einfach meine Beine fest.« Finn umfasste Lizzys Füße und drückte sie ganz fest gegen die Leitersprosse. Lizzy machte sich lang und ließ sich zur gegenüberliegenden Wand hinüberkippen. Noch zwei Zentimeter, dann waren ihre Finger am Fensterhebel. Lizzy streckte sich, dass ihr Schultergelenk knackte. Noch einen Zentimeter ... Bingo! Lizzys Finger bekamen den Fenstergriff zu fassen. Sie presste die Lippen aufeinander und zog angestrengt daran.

»Ich hab's. Es geht«, keuchte sie, und dann öffnete sich das kleine Fenster ein Stückchen. Das blaue Licht der Neonbuchstaben fiel auf Lizzys Gesicht.

»Kannst du was sehen, Lizzy?«, wollte Finn wissen. »Ist Aurelia da?«

»Aurelia! Aurelia? Fünf-zwo, fünf-zwo, wo bist du, meine Prinzessin?«

Lizzys Stimme klang vor Anstrengung ganz piepsig. Keine Chance, Aurelia konnte sie durch den strömenden Regen nicht hören. Noch mal nahm Lizzy alle Kraft zusammen und rief zu den beleuchteten Neonbuchstaben hinüber. Aber nichts regte sich. Alles blieb vollkommen still. Erschöpft stützte sich Lizzy mit ausgestreckten Armen am Fensterrahmen ab und ließ den Kopf hängen. »Sie hört mich nicht, Finn. Der Regen ist zu laut.«

»Soll ich noch mal?«

Lizzy schüttelte den Kopf. Sie überlegte. Plötzlich hatte sie eine zündende Idee. »Finn, hast du dein Handy dabei? Damit kannst du doch ins Internet, oder? Wir versuchen es mit dem Paarungsruf des Ara ararauna. Kannst du den eben mal runterladen?«

Lizzy konnte spüren, wie die Leiter unter ihr zu wackeln begann. Finn kramte in seiner Tasche nach dem Handy. »Versuchen kann ich's ja mal.«

»Mach schnell«, jammerte Lizzy. »Ich kann mich hier oben nicht mehr lange halten.«

»Ja-ha. Ich hab's gleich.« Finn tippte auf dem Touchscreen seines Handys. Es piepte. Lizzys Knie zitterten auf der hohen Leiter, und ihre Arme waren vom Sichabstützen schon ganz steif. Endlich reichte Finn ihr das Handy hoch. »Krähh-krähh!«, schallte daraus der Lockruf des Aramännchens. Lizzy nahm das Handy mit zitternden Fingern und streckte ihren Arm durch die Luke nach draußen.

»Stell lauter!«, rief Finn ihr von unten zu.

Lizzy drehte den Ara-Ruf auf volle Lautstärke. Und wirklich! Es vergingen nur wenige Sekunden, da kam, »Krä-krä!,« die Antwort vom Dach. Dann hörte man das Flappen großer Flügel, und Aurelias blau-schwarz gemustertes Gesicht erschien am Dachfenster.

»Aurelia, mein Goldschatz. Komm her, na komm.« Lizzy streckte den Arm, so weit es ging, durch das Fenster. Aurelia krächzte und schlug vor Aufregung mit den Flügeln. Dann ließ sie sich von Lizzy durch das Fenster nach innen hieven.

»Lizzy-Lizzy, fünf-zwo, fünf-zwo-zwo-sieben«, krächzte Aurelia. Offenbar war sie über das Wiedersehen mit Lizzy höchst erfreut.

»Warte, meine Süße, setz dich auf Finns Schulter. Er bringt dich nach unten.« Behutsam bewegte Lizzy den Arm nach unten und ließ Aurelia auf Finns Schulter absteigen. Lizzys Knie fühlten sich zwar noch ein wenig wackelig an, als sie unten neben der Leiter landete, aber ihre Erschöpfung war wie weggefegt. Aurelia hüpfte ihr auf die Schulter und rieb zärtlich den Schnabel an ihrer Wange.

»Ach, meine Süße. Ich hab mir solche Sorgen gemacht.«

»Krä-krä«, gab Aurelia zurück.

»Natürlich. Ich weiß, dass du dir auch Sorgen gemacht hast, meine Kleine. Aber jetzt ist alles gut.«

Finn runzelte die Stirn. Irgendwie schien es eine magische Verbindung zwischen Lizzy und Aurelia zu geben. Jedenfalls klang es ganz so, als würden sich zwei alte Freundinnen miteinander unterhalten. Lizzy zog ein Taschentuch heraus und wischte damit Aurelias Kopf und ihre Flügel trocken.

»Machst du mal, bitte?«

Lizzy streckte die Arme zur Seite, damit Finn ihr den Mantel aufknöpfen konnte. Lizzy streichelte Aurelia ausgiebig und drückte sie an sich. Dann knöpfte sie über dem Ara ihre Mantelbrust wieder zu.

»Bist du bereit?«, fragte Finn.

Lizzy holte tief Luft. »Bereit.«

Finn und Lizzy liefen durch das Treppenhaus nach unten. Am Eingang zur Hotelhalle streckte Finn den Kopf durch die Tür. Drüben an der Rezeption lehnte der Hüne von Portier und fixierte mit rosigem Lächeln die Aufzugtür. Verträumt spielten seine Finger an der Rezeptionsklingel. Wie es aussah, konnte er es kaum erwarten, dass die Tür aufging und Lizzy und Finn mit dem ersehnten Autogramm in der Hand herauskamen. Finn gluckste innerlich vor Vergnügen, denn jetzt kam der zweite Teil des Plans!

Finn zog das Handy heraus und reichte es Lizzy. »Ruf du Jeong an, ich behalte so lange den Portier im Auge.«

Jeong meldete sich sofort. »Mensch, das hat ja eine Ewigkeit gedauert. Ist alles klar bei euch? Habt ihr Aurelia?«

»Ja, alles klar«, flüsterte Lizzy ins Telefon. »Du kannst jetzt reinkommen und loslegen, Jeong.«

Lizzy hatte gerade die rote Taste für »Beenden« gedrückt, da schob Jeong die Drehtür am Eingang auf. Megabite war überglücklich, wieder ins Trockene zu kommen, und führte einen Freudentanz um Jeongs Beine auf, bis er sich hoffnungslos in der Leine verheddert hatte.

»Guck dir das an«, schwärmte Finn, »was Megabite für ein Spektakel hinlegt. Da kämste nie im Leben drauf, dass das nur gespielt ist.«

»Stimmt. Dein Hund ist echt der klügste vom ganzen Kiez.«

Finn fühlte einen heftigen Stich in der Brust. Es war das erste Mal, dass Lizzy ihm bezüglich Megabites Intelligenz recht gegeben hatte. Seit sie diesen Papagei gefunden hatte, war aus Lizzy, der Meckerziege, beinahe eine sanftmütige Elfe geworden.

»He, Megabite, nicht so wild!« Jeong bückte sich und löste Megbites Leine. Der Dackel sauste mit wehenden Ohren über den Marmorboden auf eines der Ledersofas zu. Kläffend erklomm er den Schoß eines Mannes in dunklem Anzug und schlabberte mit seiner Zunge über dessen Gesicht.

»He, was soll das!« Der Mann war aufgesprungen und wischte angeekelt mit dem Handrücken über seine Wangen. Megabite leckte die Schale mit Knabbergebäck leer, die vor ihm auf dem Couchtischchen stand.

»Pfui, Megabite! Komm hierher!«, rief Jeong. »Platz!«

Jeongs Anweisungen interessierten Megabite überhaupt nicht. Eben hatte er ein weiteres Schälchen mit Erdnüssen entdeckt.

»He! Hallo! Also, das geht nun wirklich zu weit! Nimm sofort deinen Hund an die Leine.« Der Portier stürzte wütend auf Jeong zu. Das rosige Lächeln war vollkommen aus seinem Gesicht verschwunden.

»Ach, Entschuldigung, Sie ahnen nicht, wie peinlich mir das ist. Der kleine Schatz hat sich einfach losgerissen. Komm, Megabite, mach schön Platz. Ja, so ist's fein.«

Jeong lockte Megabite, wie man es in jeder guten Hundeschule lernte, aber genau darauf reagierte Megabite am allerwenigsten.

Unbehelligt schmatzte und schleckte er in der kleinen Schüssel mit Erdnüssen, bis sie leer war.

»Du nimmst sofort den Köter weg, sonst mach ich es.« Der Portier spreizte seine dicken Wurstfinger. Und es war klar, dass kein einziger Knochen in Megabites zierlichem Körper heil blieb, wenn er seine Drohung wahr machte. Der Mann im Anzug wischte mit hektischen Bewegungen Megabites Pfotenabdrücke von Jackett und Hose. Zum Glück fluchte er in einer fremden Sprache vor sich hin, und Jeong verstand die hässlichen Wörter nicht, die er ausspuckte.

»Gleich hab ich's, gleich. Momentchen noch.« Jeong hantierte ungeschickt mit dem Leinenverschluss an Megabites Halsband und grinste dabei am Portier vorbei zum Eingang. Hinter dem Rücken des Portiers trippelten Finn und Lizzy auf Zehenspitzen auf die Drehtür am Ausgang zu.

Der Dachboden von Finns und Jeongs Haus war nur schummerig mit einer Glühbirne beleuchtet. Es roch nach altem Holz und feuchten Mauern, und es war bitterkalt hier oben. Jeong hatte den Käfig für Aurelia aufgebaut, und Lizzy setzte die Papageiendame behutsam hinein.

»So, meine Süße. Gleich macht Finn die Heizung an.«

Aurelia krächzte empört und plusterte ihre gelben Federn an der Brust. Dann trippelte sie im Seitwärtsschritt auf ihrer Stange hin und her. Die neue Behausung gefiel ihr gar nicht. Im Gegensatz zum Hoteldach war es ganz schön eng in dem Käfig. »Lizzy, Lizzy. Fünf-zwo«, schimpfte Aurelia und bewegte aufgeregt ihre Flügel.

»Ist ja gut. Morgen früh komm ich wieder. Bis dahin haben wir vielleicht deinen Besitzer gefunden, und du kannst wieder nach Hause.«

Finn zwängte sich zwischen Toms alten Fotolampen und dem Fahrrad durch und holte eine Verlängerungsschnur, um den Heizstrahler anzuschließen.

»Zum Glück hat Akemi nicht mitbekommen, dass wir Aurelia wiederhaben. Sonst würde er hier längst auf der Matte stehen.«

»Stimmt. Je länger wir das vor ihm geheim halten, desto besser!«

Lizzy schüttete etwas Vogelfutter in die Schale im Käfig, und Aurelia machte sich sofort heißhungrig darüber her.

»Trotzdem. Der Dachboden ist kein gutes Zuhause für sie. Es ist viel zu kalt und ungemütlich hier«, meinte Finn.

»Und was schlägst du vor? Sollen wir Aurelia vielleicht ins Tierheim bringen?«

»Keine Ahnung. Vielleicht wäre sie da besser aufgehoben als hier.«

»Wer hat außer dir noch einen Schlüssel zum Dachboden?«, wollte Lizzy wissen.

»Nur Tom und ich, soweit ich weiß.«

Finn zog einen flachen Schlüssel von seinem Bund und gab ihn Lizzy. »Ich hab morgen Nachmittag Sport. Mit dem Schlüssel kannst du Aurelia schon früher besuchen.«

Finn und Lizzy deckten den Vogelkäfig mit Finns gestreiftem Schal ab. Bevor sie den Dachboden verließen, lüpfte Lizzy noch mal vorsichtig einen Zipfel. »Mach's gut, mein Goldstück. Bis morgen.«

Lizzy lag im Bett und konnte nicht einschlafen. Ihre Hände und Füße fühlten sich kalt an, und in ihrem Bauch rumorte es aufgeregt. Lizzy rollte auf den Rücken und versuchte, tief ein- und auszuatmen. Angeblich wurde man davon ganz ruhig. Zumindest behauptete das Frau Bux. Aber bei Lizzy half das überhaupt nicht. Ständig kreisten ihre Gedanken um Aurelia, die mutterseelenallein auf Finns Dachboden vor sich hin krächzte, vielleicht fror und sich fürchtete. Lizzy stand auf und setzte sich an ihren Computer. Finn hatte recht. Sie mussten einen Platz für Aurelia finden, an dem sie sich wohlfühlte. Auf dem Dachboden! Das war doch kein Leben für einen Papagei.

Lizzy schaltete ihren Computer an und wickelte den Glückskeks, den Jeong ihr heute Vormittag geschenkt hatte, aus der Verpackung. Kauend sah sie zu, wie der PC hochfuhr. Lizzy rollte den Papierstreifen mit der chinesischen Weisheit auf und las: » Fortschritt ist zur Unzeit Rückschritt.«

Hm. Was hatte das nun wieder zu bedeuten? Lizzy konnte sich absolut keinen Reim auf diese komischen chinesischen Sprüche machen. Sie legte den kleinen Zettel auf den oberen Rand ihrer Tastatur und rief die Geocaching-Seite auf. Vielleicht gab es Einträge zu neu versteckten Caches, die sie auf andere Gedanken brachten. Aber außer einem Eintrag der Dogs gab es nichts Neues. Natürlich prahlten diese Fieslinge damit, dass sie Lizzy ausgetrickst und ihr den Cache vor der Nase weggeschnappt hatten. In Lizzys Bauch grummelte es noch lauter. Alles, was die Dogs konnten, war unfair und fies sein. Egal, ob sie rücksichtslos mit ihren Mountainbikes durch die Wälder pflügten oder sich heimlich an Lizzy dranhängten und ihr im letzten Moment den Cache vor der Nase wegschnappten. Lizzy schloss verärgert die Seite und loggte sich ins Forum der Papageienfreunde ein. Jemand hatte einen Film über einen Papagei ins Netz gestellt, der Freundschaft mit einem Hund geschlossen hatte. Lizzy seufzte, als sie sah, wie ein weißer Pekinese und ein Sittich sich friedlich einen Fernsehsessel teilten. Dieser blöde Megabite. Warum konnte er nicht einfach Aurelias Freund sein? Eine andere Tierhalterin hatte einen langen Aufsatz über den Spracherwerb von Papageien geschrieben. Darin stand, dass Papageien nicht nur nachplapperten, was sie hörten, sondern auch in der Lage waren, ihre Wörter je nach Situation richtig einzusetzen. Dann kamen Ernährungstipps und Angebote für gebrauchte Käfige und schließlich eine Anzeige:

»Raum Hamburg: Gelbbauch-Ara »Aurelia« vermisst. 1.000 Euro Belohnung!« Darunter war eine E-Mail-Adresse angegeben.

In Lizzys Magen kribbelte es, als hätte sie drei Tüten Brausebonbons auf einmal verdrückt. Da suchte tatsächlich jemand nach Aurelia. Sicher war es der ältere Mann mit dem Spitzbart, der seine Rechnung nicht bezahlt hatte. Auch wenn er ein Schurke war und von der Polizei gesucht wurde – er liebte seinen Papagei, und er hatte Sehnsucht nach ihm. Lizzy musste ihm antworten, auch wenn sie gar nicht daran denken mochte, Aurelia wieder herzugeben. Zu sich nehmen konnte sie Aurelia ja doch nicht, und auf Finns dunklem Dachboden, wo der Wind durch die Balken pfiff, holte sie sich garantiert die Vogelgrippe oder sogar etwas noch Schlimmeres.

Lizzys Finger flogen über die Tastatur. »Machen Sie sich keine Sorgen. Ich habe Aurelia gefunden. Es geht ihr gut. Sie können Sie morgen abholen. Zirkusstraße 8.«

Lizzys rechter Zeigefinger schwebte über der »Senden«-Taste.

Lizzy überlegte. Etwas an der Anzeige war irritierend. Vielleicht war der Absender gar nicht der Mann mit dem Spitzbart? Frau Bux hatte so oft davor gewarnt, dass Leute sich im Internet häufig für ganz andere Personen ausgaben. Lizzy las ihre Mail noch mal. Klar würde sie Aurelia wieder zurückgeben! Aber nur an ihren richtigen Besitzer. Und bis sie den gefunden hatte, würde Aurelia ihr hoffentlich ihr Koordinatengeheimnis verraten haben.

» Fortschritt ist zur Unzeit Rückschritt«, las Lizzy auf dem Zettel oberhalb der Tastatur. Auch wenn sie den Spruch immer noch nicht ganz verstand, so wusste sie, dass zwei Uhr nachts keine gute Zeit war, um auf Anzeigen zu antworten und fremden Leuten E-Mails zu schreiben. Lizzy beschloss, sich ausführlich mit Finn und Jeong zu besprechen, bevor sie weitere Schritte unternahm.

5. Finderlohn

»Bist du komplett plemplem, Lizzy? Das ist jetzt nicht wahr, oder? Das ist doch Tierquälerei, den Papagei auf den Dachboden zu stellen. Warum gibst du Aurelia nicht einfach zurück?« Jeongs Wangen waren vor Aufregung so rot wie der Feuerlöscher neben dem Eingang zum Klassenzimmer. »Mach ich ja, aber nicht sofort. Ich muss erst die vollständigen Koordinaten rausfinden. Fünf-zwo-sieben. Das könnte Nord sein.« Lizzy kritzelte mit Ölkreide die Umrisse eines Gelbbauch-Aras auf ihr Blatt. Frau Bux hatte »ein besonderes Erlebnis« als Zeichenthema aufgegeben, und alle in der Klasse arbeiteten eifrig vor sich hin.

»Lizzy, ich frag mich echt, was mit dir los ist«, zischte Jeong. »Seit wir vorgestern diesen blöden Cache verbaselt haben, hakt's bei dir. Es ist Tierquälerei, den Vogel länger zu behalten, nur weil er vielleicht geheime Koordinaten kennt. Und dann noch auf dem Dachboden.«

»Ach, das ist also dein Papagei.« Frau Bux stützte sich mit beiden Händen auf Lizzys Tisch auf.

»Aurelia«, nickte Lizzy. »Aber ich muss sie leider zurückgeben.«

»Wie schade, Lizzy. Das ist ja ein wunderschönes Tier.«

Dann besah sich Frau Bux Jeongs Zeichnung. Darauf war der Mann mit der Hakennase zu erkennen. Mit schwarzer Lederjacke und Cowboystiefeln.

»Und wer ist das?«, wollte Frau Bux wissen.

Jeong ließ sich gegen ihre Stuhllehne fallen. »Weiß ich selbst nicht so genau.«

»Na, vielleicht findest du das ja noch heraus«, sagte Frau Bux und ging weiter.

Nach der Schule liefen Lizzy und Jeong sofort los. Sie wollten keine Sekunde vergeuden.

»Keine Panik, Lizzy. Finn hat Aurelia heute Morgen eine Extraportion Vitalfutter und Wasser hingestellt. Es geht ihr gut, ganz sicher.«

Wenig später hetzten die Mädchen die Treppe zum Dachboden hoch. Plötzlich blieb Lizzy stehen.

»Guck mal, da!« Lizzy zeigte auf den schwarzen Staub, der überall auf der Treppe lag.

Jeong ging langsam weiter und spähte durch das Treppenauge nach oben. Von dort waren kratzende Geräusche und Gepolter zu hören.

»Mist!«, rief Lizzy und rannte nach oben. »Das kommt vom Dachboden. Jemand ist bei Aurelia!«

Als sie oben ankam, blieb sie wie angewurzelt stehen. Die Tür zum Dachboden stand offen, und fremde Stimmen waren zu hören. Lizzy blickte Jeong ängstlich an. Jeong fasste Lizzys Hand und zog sie mit sich in den Gang, zwischen die hohen Holzgitter der Bodenabteile. Die alten Dielen auf dem Dachboden knarzten, als die Mädchen zwischen den Abteilen entlangschlichen.

»Wie kommst du denn hierher?«, fragte eine raue Stimme in Finns Dachbodenabteil. »Dass wir uns noch mal wiedersehen! Das ist ja unglaublich!«

Lizzy erreichte den Türrahmen und spähte hinein. Ein Mann in Stiefeln und grauer Arbeitsweste schichtete darin Kohlepakete an die Wand. Seine Beine waren krumm, und mit dem rechten hinkte er etwas. Genau in dem Moment, als auch Jeongs Kopf in der Tür erschien, drehte er sich um.

»Tag, die Damen. Ich bin Karl. Kohlen-Karl.« In der oberen Zahnreihe schimmerte ein silberner Schneidezahn.

»Karl-Karl. Fünf-zwo-sieben-zwo«, krächzte Aurelia munter und pickte mit ihrem schwarzen Schnabel an den Gitterstäben ihres Käfigs. Sofort schrieb sich die weitere Ziffer der Koordinate in Lizzys Kopf fest.

»Wie's aussieht, seid ihr nicht da, um mir zu helfen«, ächzte Karl und wuppte ein Paket Kohlen auf den Stapel, »sondern um Aurelia zu besuchen. Habt ihr sie hierher gebracht?« Seine Augen blitzten lebhaft unter den buschigen Augenbrauen.

Jeong spitzte die Lippen. Karl schien zwar nicht gefährlich, aber trotzdem war es besser, vorsichtig zu sein.

»Der Papagei ist uns zugeflogen«, behauptete Jeong und schob sich hinter Karl vorbei zu Aurelias Käfig. Ein Brotkanten klemmte zwischen den Gitterstäben.

»Ich hab den da reingesteckt«, erklärte Karl. »Aurelia liebt Butterbrote über alles.«

»Karl-Karl. Fünf-zwo-sieben-zwo«, wiederholte Aurelia und riss ein Stück von der Brotscheibe ab.

Lizzy presste nervös ihre Lippen aufeinander. Es war ihr anzusehen, dass sie nicht recht wusste, wie sie die Situation einschätzen sollte. Jeong machte ein beruhigendes Zeichen, was so viel bedeuten sollte wie »Überlass Karl mir«.

Karl wuchtete einen weiteren Kohlensack auf den Stapel an der Wand und klopfte sich den schwarzen Staub aus der Hose. »Aurelia ist euch zugeflogen, so, so. Einfach so hier reinspaziert?«

»Kann man so sagen!« Jeong zupfte ebenfalls ein Stück vom Brotkanten und drehte es zu einem murmelgroßen Kügelchen. »Warum wollen Sie das so genau wissen? Und wie sind Sie überhaupt hier hereingekommen?«

Karl setzte einen letzten Sack auf den Stapel und kam dann zu Jeong herüber. Er hielt Jeong einen kleinen

Schlüsselbund vor die Nase. »Ich hab 'nen Schlüssel für alle Böden und Keller der Häuser, die ich beliefere. Viele sind's leider nicht mehr, wie du siehst. Wer heizt heute schon noch mit Kohle?«

Jeong zog die Nase in Falten. »Und woher kennen Sie Aurelia?«

»Aurelia und ich sind alte Freunde, quasi.« Karl streckte seinen schwarzen Zeigefinger durch die Gitterstäbe. Aurelia legte den Kopf zur Seite und stieß zärtlich gurrende Laute aus. In Lizzys Augen blitzte Eifersucht.

»Aurelia gehört meinem alten Freund John Eisenwinter. Er hat zehn Jahre lang neben mir in der Sailerstraße zehn gewohnt. Aurelia und ich waren Nachbarn.«

»Aha. Und wo wohnt Herr Eisenwinter jetzt?«, fragte Lizzy weiter.

»Gute Frage. Seit etlichen Wochen ist er verschwunden. Einfach weg, wie vom Erdboden verschluckt. Nicht mal die Bilder aus seiner Wohnung hat er mitgenommen, so eilig hatte er es. Dabei hat er alle selbst gemalt. Ganz hübsche Sachen. Schiffe hauptsächlich, Kräne, alte Hafenschuppen und so was.«

Karl lehnte sich gemütlich gegen den Dachbalken und verschränkte seine Arme. »Ist schon verrückt. Eisenwinter hatte nie viel Geld und musste deshalb zwei Zimmer in seiner Wohnung vermieten. Er hatte eine Wohngemeinschaft, quasi.«

»Quasi« war eindeutig eines von Karls Lieblingswörtern. Jeong hatte es noch nie gehört. Sie würde Lizzy später fragen, was es bedeutete.

»Und warum ist Ihr Freund Eisenwinter so plötzlich abgehauen?«, bohrte Jeong nach.

»Ich finde, wir können uns ruhig duzen.« Karl hielt Jeong seine schmutzige Hand hin. »Ich bin Karl, das ist doch gleich viel angenehmer.«

Jeong gab Karl die Hand. »Ich bin Jeong, und das ist Lizzy.« Karl zog eine Packung Tabak aus der Westentasche und begann, sich eine Zigarette zu drehen. »Ehrlich gesagt habe ich über Johns Verschwinden meine eigene Theorie: Mein Freund Eisenwinter vermietete seine Zimmer an zwei richtig üble Burschen. Matze und Emir. Eisenwinter wollte das nie wahrhaben, dass die beiden ausgekochte Schlitzohren waren. Dabei hab ich ihn immer gewarnt. ›Bei Matze und Emir musste aufpassen‹, hab ich ihm gesagt. ›Mit denen kommt's dicke.‹« Karls silberner Schneidezahn blitzte, als er das Zigarettenpapier ableckte.

»Und? Ist es dicke gekommen?«, wollte Lizzy wissen.

Karl betrachtete zufrieden seine krumme Zigarette und steckte sie sich hinters rechte Ohr.

»Ihr beide wohnt doch hier. Da müsst ihr das mit dem Kunstraub in der Post ja mitbekommen haben.«

Jeong nickte. »Der Dieb hat ein wertvolles Bild geklaut. Einen Chagall. Die Polizei hat ein Foto von Eisenwinter, wie er vor der Postfiliale wartet. Sie denken, Eisenwinter hat den Diebstahl begangen«, erklärte sie.

»Eisenwinter doch nicht. Der fasst kein Bild an, wenn's nicht sein eigenes ist. Obwohl – das Geld, das der Chagall wert ist, hätte er gut gebrauchen können.«

»Wenn es Eisenwinter nicht war, haben Matze und Emir vielleicht etwas mit dem geklauten Bild zu tun?«, überlegte Lizzy laut.

Karl richtete seinen schwarzen Zeigefinger auf sie.

»Das könnte gut sein, kleines Fräulein. Du solltest später mal zur Kripo. Emir und Matze haben Dreck am Stecken, so wahr ich Karl heiße. Am Tag, an dem die Post ausgeraubt wurde, sind die Kerle untergetaucht und wurden nicht mehr gesehen.«

Jeong tippte mit dem Finger an ihren Mund und dachte angestrengt nach.

»Das ist zwar verdächtig, aber es beweist noch nichts. Und warum ist Eisenwinter verschwunden, wenn er doch gar nichts mit dem Raub zu tun hatte?«, wunderte sie sich.

»Ganz einfach. Weil ihm jemand anders die Schuld an dem Raub in die Schuhe schieben wollte«, erklärte Lizzy.

Karl kratzte sich an der verschmierten Westenbrust. »Hast du Töne? Dir ist ein Job als Polizeidirektorin jetzt schon sicher, mein Fräulein.«

Lizzy lächelte cool.

»Jedenfalls tut John Eisenwinter keiner Fliege was zuleide. Der raubt keine Post aus. Und was auch immer ihn zur Flucht bewogen hat, es muss was Schlimmes gewesen sein. Denn sonst hätte er Aurelia nicht im Stich gelassen. Der Ara ist sein Ein und Alles.« Karl schob den Ärmel über der Armbanduhr hoch. »So, jetzt muss ich aber weiter. War nett, mit euch zu plaudern.« Karl hinkte auf die Dachbodentür zu und zog den Kopf ein.

»Einen Moment noch, bitte.« Jeong folgte Karl in den schmalen Flur zwischen den Dachbodenabteilen. »Wir haben eine Anzeige im Internet gelesen. Herr Eisenwinter will tausend Euro Finderlohn für Aurelia bezahlen, und wir wollten ...«

»Könnt ihr vergessen«, unterbrach Karl. »So viel Geld hat Eisenwinter nie und nimmer. Tausend Euro! Selbst wenn er mal was hatte, hat er es immer gleich für sein komisches Hobby ausgegeben. An jedem Wochenende rannte er mit so 'nem kleinen Computer in den Wald und hat Schätze ausgebuddelt.«

Lizzy und Jeong schauten einander grinsend an. »Geocaching!«, flüsterten sie beide wie aus einem Mund.

Karl wischte sich mit dem Unterarm über die Stirn und lächelte.

»War's das, oder habt ihr noch mehr Fragen?«

»Eine kleine Frage gibt es noch!« Jeong zog ein Blatt

Papier aus der Brusttasche ihrer Jeansjacke und faltete es auseinander.

»Kennen Sie zufällig diesen Mann?«

»Du«, korrigierte Karl. »Kennst du diesen Mann.«

Karl legte den Kopf schief und betrachtete das Bild. »Ich würde sagen, wenn man sich die abstehenden Ohren wegdenkt und oben ein paar Haare mehr dazu, dann ist das eindeutig Matze. Vor allem die O-Beine kommen gut hin. Astrein getroffen. Und wie kommst du darauf, den zu zeichnen?«

»Ich hab ihn gestern auf der Straße gesehen«, erklärte Jeong. »Ich fand seine Jacke mit den Fransen so interessant.«

Karl runzelte die Stirn. So ganz schien er die Erklärung nicht zu glauben. Aber Jeong beließ es dabei. Auch wenn man Karl vielleicht trauen konnte, war es besser, nicht mehr als nötig über ihre Beobachtungen zu erzählen. Karl schien Jeongs Gedanken zu erraten und fragte nicht weiter. »Na, wie dem auch sei. Um Matze und Emir solltet ihr einen großen Bogen machen. Die beiden sind Stinkesocken von der übelsten Sorte. Hinterlistig und gefährlich.«

Karl verabschiedete sich und humpelte über die knarzenden Dielen nach draußen.

»Schade, dass wir bald Zentralheizung bekommen«, meinte Jeong. »Karl ist echt nett.«

Lizzy öffnete die Käfigtür und lockte Aurelia aus dem Käfig.

»Komm her, mein Schatz. Wird wohl noch eine Zeit dauern, bis du zu deinem Herrn Eisenwinter zurückkannst. Wie es aussieht, steckt jemand anders hinter der Suchanzeige.«

Plötzlich krächzte Aurelia laut los und flatterte aufgeregt mit den Flügeln. Draußen waren Schritte zu hören. Die Türklinke wurde heruntergedrückt, und gleich darauf streckte Finn seinen Kopf zur Dachbodentür herein.

»Aha. Schon alle versammelt. Und? Habt ihr neue Pläne?«

Während Jeong Finn erzählte, was sie von Karl erfahren hatten und dass Aurelia mit einer Anzeige im Internet gesucht wurde, steckte Aurelia gurrend ihren Kopf in Lizzys Achselhöhle und ließ sich von ihr den Rücken streicheln.

Finn fand es nicht weiter verwunderlich, dass Karl Herrn Eisenwinter kannte. Karl kam viel herum auf dem Kiez und kannte so ziemlich alles und jeden. »Karl ist ein super Kerl, das sagt Tom auch. Ich glaube nicht, dass er uns anlügt.«

»Ich würde zu gerne herausfinden, wer hinter der Anzeige steckt«, überlegte Lizzy.

»Das ist ja nun nicht schwer zu erraten«, meinte Finn. »Sicher hatte Eisenwinter Wind davon bekommen, dass

Matze und Karl das Bild klauen wollten. Als anständiger Kerl wollte Eisenwinter den geplanten Diebstahl der Polizei melden. Aber Matze und Emir tricksten ihn aus. Sie bestellten ihn unter einem Vorwand zur Post und fotografierten ihn. Kurz darauf sind sie in die Postfiliale eingebrochen. Das Foto mit Eisenwinter ließen sie der Polizei zukommen. Und seither sucht die Polizei Eisenwinter als Täter.«

Lizzy und Jeong nickten.

»Astrein, die Theorie«, stellte Lizzy fest. »Und weißt du was?« Lizzy fuchtelte aufgeregt mit dem Zeigefinger durch die Luft. »Eisenwinter war schlauer als Matze und Emir. Er entdeckte das Versteck für das wertvolle Bild in Matzes oder Emirs Zimmer. Er konnte damit aber nicht zur Polizei gehen, weil die ihn ja sofort verhaftet hätte. Also hat er das Bild an sich genommen und an einem anderen Ort versteckt. Mit Verstecken kennt Eisenwinter sich schließlich aus. Karl hat uns erzählt, dass Geocaching sein Hobby ist. Eisenwinter hat die Koordinaten für sein Schatzversteck einfach auswendig gelernt, und Aurelia hat alles mit angehört und es sich gemerkt.«

»Richtig«, bestätigte Jeong. Jetzt begann die Geschichte auch für sie einen Sinn zu ergeben. »Jedenfalls wissen Matze und Emir, dass es außer Eisenwinter noch jemanden gibt, der die Koordinaten zum Schatzversteck kennt. Und das ist Aurelia!«

»Endlich habt ihr's auch kapiert!«, seufzte Lizzy. »Garantiert ist die Anzeige im Internet von den beiden Ganoven. Sie wollen unter allen Umständen Aurelia bekommen, nachdem ihnen Eisenwinter vorgestern im *Hanabi* durch die Lappen gegangen ist.«

»Seh ich auch so.«

Finn hob seinen gestreiften Schal vom Boden auf und schüttelte ihn. Er war ganz schwarz vor Kohlenstaub.

»Ich fürchte nur, dass Matze und Emir längst wissen, dass wir Aurelia wiederhaben. Der Finderlohn ist natürlich bloß ein Versuch, sie uns abzuluchsen.«

Lizzys Mund verformte sich zu einem umgedrehten U. »Aber wir müssen auf die Anzeige antworten. Wenn wir es nicht tun, werden Matze und Emir zu härteren Mitteln greifen. Vielleicht brechen sie noch mal ein, oder sie entführen Akemi.«

Jeong erschrak und schluckte. Auch wenn ihr der Gedanke für den Bruchteil einer Sekunde gefallen hatte, so wollte sie ihren kleinen Bruder nicht wirklich in der Gewalt von Verbrechern wissen.

»Oje, Akemi! Den muss ich ja noch vom *Hanabi* abholen!« Jeong rutschte vom Kohlenstapel.

»He, und was machen wir jetzt mit der Anzeige?«, rief Lizzy.

Jeong grinste. »Keine Bange, mir fällt was ein. Da bin ich mir ziemlich sicher.«

Finn nickte Lizzy beruhigend zu. Bisher war es noch immer so gewesen, dass Jeong selbst in vertracktesten Situationen einen Ausweg gefunden hatte.

Jeong rannte durch den Nieselregen. Es dämmerte bereits, und die Straßenbeleuchtung war überall angeschaltet. Unglaublich, sie hatten drei Stunden auf dem Dachboden zugebracht, um sich zu beraten. Mist, jetzt musste sie sich aber beeilen, wenn sie um fünf im Restaurant sein wollte. Den ganzen Abend lang würde sie auf Akemi aufpassen müssen. Wie um alles in Welt sollte sie mit dieser Nervensäge an der Backe eine gute Idee entwickeln? Jeong wich einem Fahrradfahrer aus und lief auf die Kreuzung zu. Ihre Hand tastete mechanisch an der Brusttasche ihrer Jeansjacke herum. Hatte sie gestern wirklich ihren letzten Glückskeks Lizzy geschenkt? Nein, da war noch einer. Zum Glück. Die Ampel sprang auf Rot, und Jeong holte ihren letzten Keks heraus. Er musste schon ewig in der Brusttasche gesteckt haben. Das rot-silberne Einwickelpapier war ganz zerknittert, und der Inhalt der Packung war zu tausend Krümeln zerdrückt. Aber darauf kam es jetzt nicht an. Jeong riss schnell das Papier auf und schüttete sich die Keksbruchstücke in den Mund. Dabei bekam sie etliche Krümel in die Luftröhre. Es brannte und kitzelte, und Jeongs Hals wurde heiß und rot, wie bei einer Erdbeerallergie. Jeong versuchte einzuatmen, aber es klappte nicht. Sie rang nach Atemluft und hielt sich am Pfosten der Fußgängerampel fest. Ihr Gesicht war fast lila, und ihre Augen traten rund wie Murmeln hervor.

»Na, na, Mädchen. Verschluckt?«, fragte der Mann neben Jeong.

Jeong nickte und japste. Sie bekam keinen einzigen Ton heraus.

Der Mann klopfte Jeong kräftig zwischen die Schulterblätter. Augenblicklich lösten sich die Kekskrümel. Jeong hustete und hustete und holte Luft und hustete, bis ihre Augen tränten. Es war ein wunderbares Gefühl, wieder frei atmen zu können.

»Alles klar?«, fragte der Mann.

»Alles klar«, keuchte Jeong. »Danke!«

Die Ampel sprang auf Grün, und der Mann ging los. Wie blöd! Wo war denn nun der Spruch hingekommen? Wahrscheinlich hatte sie ihn zusammen mit den Kekskrümeln beim Husten ausgespuckt. Jeong suchte den regennassen Bürgersteig ab. Irgendwo hier musste der Zettel doch liegen. Da! Jeong bückte sich hastig und hob das schlaffe Papier auf.

»Der Weise kümmert sich nicht um Verlorenes«, las Jeong im Schein des Ampellichts. Mist. Den Zettel hätte sie ruhig liegen lassen können. Jeong raste über die grüne Ampel.

Ein Gutes hatte es jedenfalls, dass Jeong im *Hanabi* warten musste, bis Akemi fertig war. Sie hatte genügend Zeit, um ihren Vorrat an Glückskeksen aufzustocken. Die Geschichte mit Aurelia hatte einen Punkt erreicht, an dem Jeong genau fühlte, dass sie einen richtig dicken Vorrat an Keksen benötigte. Sie tauchte ihre linke Hand mit geschlossenen Augen tief ins Glas, bis sie ganz in den Keksen verschwunden war. Dann ließ sie die Hand gegen den Uhrzeigersinn kreisen und fischte Keks um Keks heraus. Erst als kein einziger Keks mehr in ihren Jackentaschen Platz fand, hörte sie damit auf. Den Keks, den Jeong zuletzt gezogen hatte, riss sie sofort auf und steckte ihn in den Mund.

»Wann gehen wir endlich?«

Akemi stand fertig angezogen vor ihr. Er knöpfte seine Regenjacke zu und setzte freiwillig seine Mütze auf.

»Was ist denn los?«, wunderte sich Jeong mit vollem Mund. »Musst du keine Essstäbchen sortieren, keine Servietten falten, keine Soßenfläschchen zählen?«

Akemi zuckte die Schultern und zog Jeong zur Tür. Dass Akemi heute nicht bockte, konnte nur etwas damit zu tun haben, dass Jeong ihn nicht beachtet hatte. Vielleicht war Nichtbeachtung eine ausbaufähige Strategie gegen das kleine Stinktier.

»Warte mal, Akemi.« Jeong blieb an der Tür stehen und zog den Zettel mit dem Spruch aus dem Mund. Sie rollte das Papier auseinander und las. Jeongs Hände, die den weisen Spruch festhielten, wurden plötzlich kalt und feucht. Sie fühlte, wie ein Zittern durch ihre Arme ging. Dann tanzten die Buchstaben vor ihren Augen, und Jeong wurde schwindelig. Mensch, das war ja ganz unglaublich! Das war der Hammer. Das war einfach genial!

»Im Mondlicht besieht der kleine Vogel sein Spiegelbild im Teich«, stand auf dem Zettel. Jeong spitzte die Lippen und sog genüsslich Luft ein. Was für ein herrliches Bild! Sie stellte sich den kleinen Vogel am Teichufer vor, wie er sich über die Wasseroberfläche beugte und neugierig sein Gesicht betrachtete, als wäre es ein Doppelgänger. Das war der Schlüssel. So würden sie das machen. Genau so.

»Yessss!« Jeong riss die Faust hoch und vollführte einen Luftsprung. Dann packte sie den verdatterten Akemi an der Hand und rannte mit ihm los. Es dauerte keine zehn Minuten, bis sie zu Hause waren. Jeong griff sofort zum Telefon und rief Lizzy an.

»›Im Mondlicht besieht der kleine Vogel sein Spiegelbild im Teich‹, verstehst du?«

»Nö, was soll das?«

»Das ist ein japanisches Gedicht. Ein Haiku.«

»Und weiter?«

»Lizzy, du musst die Augen schließen und dir das Bild in deinem Kopf ganz genau vorstellen. Dann verstehst du, was die Wörter dir sagen wollen.«

Lizzy schloss die Augen.

»Tut mir leid, Jeong, aber ich seh nichts. Bei mir ist alles schwarz. Sag mir einfach, was das Ganze zu bedeuten hat.«

Jeong atmete durch und erklärte es Lizzy. Als sie damit fertig war, rasten Lizzys Finger über die Tastatur ihres Computers.

»Haben Aurelia gefunden und wollen sie zurückgeben. Morgen früh um acht am Pinguinbrunnen im Volkspark. Bringen Sie den Finderlohn mit«, las Lizzy am Telefon vor. Jeong fand, dass es gut klang, und Lizzy drückte auf die Taste »Senden«.

Genau drei Minuten später bekam sie eine Antwort.

»Einverstanden. Übergabe morgen früh um acht am Pinguinbrunnen im Volkspark.«

»Jetzt kommt Teil zwei des Plans«, erklärte Jeong. »Du triffst Finn am Eingang vom Einkaufszentrum. Er bringt Aurelia mit. Beeil dich, und zieh meinen Regenmantel an, okay?«

»Okay!«

Während Lizzy Jeongs Regenmantel vor dem Spiegel im Flur zuknöpfte, kamen ihr allerlei Zweifel in den Kopf. Das war doch alles viel zu gefährlich. Der Pinguinbrunnen lag weitab von Wegen und Straßen, und morgens um acht war es draußen noch schwärzeste Nacht. Was, wenn dieser Matze sie reinlegen wollte und den Finderlohn gar nicht dabeihatte? Und diese ganze Aktion im Einkaufszentrum … das war der pure Wahnsinn. Egal. Es blieb ihr nichts anderes übrig, als Jeong zu vertrauen. Jeong wusste, was sie tat, und damit basta. Lizzy drückte Akemis gelben Regenhut auf ihrem Kopf fest wie einen Helm. Schließlich hatten Jeongs Pläne bis jetzt immer geklappt.

Es war kurz vor Ladenschluss, als Lizzy und Finn auf der Rolltreppe im Einkaufszentrum durch die Weihnachtswelt aus Rentierschlitten und Kunstschnee schwebten. Vor dem Schaufenster der Zoohandlung blieben Lizzy und Finn stehen. Lizzy betrachtete sich selbst im Spiegel der großen Glasscheibe. Ulkig sah sie aus, wie ein dicker rosa Weihnachtswichtel. Ihr Bauch wölbte sich in dem Regenmantel merkwürdig stark nach vorn, und der obere Teil der Knopfleiste sah so aus, als würde er jeden Moment aufplatzen. Unten reichte der Mantel Lizzy bis fast auf die Füße. Lizzy sah einfach total albern aus, doch um unbemerkt einen ausgewachsenen Ara durch die Lobby eines Hotels oder durch ein Einkaufszentrum zu befördern, gab es kein geeigneteres Kleidungsstück als Jeongs Regenmantel. Hinter Lizzys Spiegelbild waren im hinteren Bereich des Ladens die großen Käfige mit den Papageien und Sittichen zu sehen. Zwei Kakadus und der Ara Pim, der Aurelia bis auf die letzte Federspitze so vollkommen ähnlich sah, saßen auf einem Querbalken und beobachteten gelangweilt das Treiben im Einkaufszentrum.

»Bist du so weit? Wir müssen uns beeilen! Der Laden macht gleich zu.«

Finn zog sein Handy aus der Jackentasche und gab die Telefonnummer des Ladens, die an der Eingangstür unter den Öffnungszeiten stand, ein. »Alles klar. Es kann losgehen.« Lizzy grinste nervös. Aurelia hatte unter ihrer Mantelbrust heftig zu zappeln begonnen.

»Mist, ich glaube, Aurelias Beine haben sich in meinem Pulli verhakt«, flüsterte Lizzy und drückte Aurelia unter dem Mantel fest an sich.

»Ganz ruhig! Das packen wir, Lizzy. Im Hotel hat es doch auch geklappt.« Finn lächelte aufmunternd, dann betrat er den Laden. Lizzy zog das Mantelrevers auseinander und hauchte Aurelia schnell einen Abschiedskuss auf ihre blauen Kopffedern.

»Keine Angst, meine Kleine. In ein paar Tagen hol ich dich hier wieder raus, versprochen.«

»Hallo! Na, willst du dir den Ara noch mal ansehen?«, fragte die Verkäuferin mit der Zahnspange. Sie hatte Lizzy sofort wiedererkannt.

»Wir schließen aber gleich.« Die Verkäuferin zwängte sich zwischen den hohen Regalen, voll mit künstlichen Hundeknochen und Katzenkletterbäumen, zum Trakt mit den Sittichen und Papageien durch.

»Ich wollte den Ara nur meinem Freund zeigen. Er möchte auch gern einen kaufen.«

Der Blick der Verkäuferin glitt von Lizzys viel zu großem Regenmantel abwärts zu ihren zerfetzten Turnschuhen. »Aber unser Pim ist ziemlich teuer.«

Lizzy blieb unbeeindruckt. »Kann er Pim trotzdem mal ansehen?«

Die Verkäuferin schob den Ärmel ihrer blauen Hemdbluse über das Handgelenk hoch. Ihre winzig kleine Golduhr zeigte vier Minuten vor halb sieben.

»Also schön«, seufzte sie und schloss die Glastür zum Trakt mit den Vogelkäfigen auf. In diesem Moment begann Aurelia unter Lizzys Mantel unruhig zu zappeln und ungestüm ihre Flügel zu bewegen. »Pst, Aurelia, ganz ruhig, gleich ist alles gut.«

Die Verkäuferin blickte Lizzy forschend an. »Was hast du gesagt?«

»Nicht so wichtig«, schaltete Finn sich ein. »Meine Freundin spricht öfter mal mit sich selbst. Das ist ganz normal bei ihr.«

Lizzy nickte und fühlte, wie sie rot anlief. Das kam nicht durch den kritischen Blick der Verkäuferin, sondern von der Anstrengung, Aurelia unter ihrem Mantel unter Kontrolle zu halten. Aurelia spürte die Anwesenheit der anderen Vögel und gebärdete sich wie wild.

»Uff!« Jetzt hatte Aurelia ihren Schnabel zwischen Lizzys Rippen gerammt, und ihre scharfen Krallen kratzten an Lizzys Bauch. Lizzy blies die Backen auf und schaute Finn flehend an. Es war wirklich höchste Zeit, dass die Aktion losging. Keine zwei Minuten länger würde sie Aurelia versteckt halten können.

»Vorsicht. Nicht zu nah an die Käfige bitte«, ermahnte die Verkäuferin.

»Auf keinen Fall, natürlich nicht.« Finn lächelte freundlich. Dann suchte er unauffällig mit einer Hand nach dem Handy in seiner Jackentasche und rief die Nummer der Zoohandlung an. Draußen an der Ladentheke klingelte das Telefon.

»Ich geh mal eben ran«, erklärte die Verkäuferin. »Seid so gut und macht hier drin inzwischen keinen Unfug.«

Lizzy und Finn schüttelten unschuldig die Köpfe.

Kaum war die Verkäuferin draußen, holte Lizzy Aurelia aus ihrem Mantelversteck. Sofort krächzte und flatterte Aurelia los. Lizzy hielt Aurelia sanft an sich gedrückt. »Beruhige dich, mein Schatz, gleich darfst du zu deinen Freunden.« Aurelia flatterte aufgeregt mit den Flügeln, als hätte sie jedes Wort verstanden. »Aurelia-Aurelia! Fünf-zwo-zwo-sieben-zwo-eins-neun.« Bingo! Das war die vollständige Nordkoordinate. Offenbar brauchte es Momente großen Glücks, damit Aurelia ihr Zahlengeheimnis preisgab.

Pim, das blaue Aramännchen, tänzelte unablässig auf

seinem Balken hin und her und nickte dazu mit dem Kopf. Dann flatterte er auf und warf sich ungestüm gegen die Käfigtür. Blaue und gelbe Federn stoben durch den Käfig. Die beiden Kakadus legten ihre Köpfe ruckartig mal auf die eine, mal auf die andere Seite und sahen interessiert zu. Jetzt steckte Pim seinen Schnabel zwischen den Gitterstäben durch und stieß krächzende, kehlige Laute aus. »Krähh-krähh!«

»Ich werd verrückt! Der Lockruf des Aramännchens! Pim flippt total aus. Beeil dich, Finn.«

Aurelias Anblick hatte Pim in völlige Raserei versetzt. Seine knopfartigen Augen quollen förmlich aus ihren gefiederten Höhlen, und seine kleine schwarze Zunge streckte sich hakenförmig zwischen den weit geöffneten Schnabelhälften heraus.

»Jesses, Pim hat's voll erwischt!« Finn klemmte sich rasch das Handy zwischen Kinn und Schulter und öffnete die Käfigtür. In seinem Handy meldete sich die Verkäuferin. »Zoohandlung Vogelbauer, was kann ich für Sie tun?«

»Laufräder für Hamster, haben sie so was?«, fragte Finn mit verstellter Stimme. Pim war auf Finns Kopf geflattert und führte dort einen wilden Freudentanz auf. »Weg da, weg, du Blödmann!« Finn wedelte mit der Hand über seinem Kopf und versuchte, Pim wegzuscheuchen. Mit der anderen Hand hielt er das Handy und telefonierte weiter. »Bitte? Was haben Sie gerade gesagt?«

»Laufräder für Zwerghamster, Mittelhamster oder Goldhamster?«, ratterte die Verkäuferin ihre Frage noch mal herunter.

»Aua! Stopp, verdammt noch mal!«, schrie Finn ins Telefon. Eben hatte sich auch Aurelia seinen Kopf als Landeplatz ausgesucht.

»Hallo? Hören Sie? Zwerghamster, Mittelhamster oder Goldhamster?«, wiederholte die Verkäuferin.

»Klick-klack-klick-klack«, klapperte es auf Finns Kopf.

»Wie süß, die schnäbeln!«, begeisterte sich Lizzy.

Finn fuchtelte mit der freien Hand über seinem Kopf und versuchte vergeblich, einen der beiden Vögel zu fassen zu kriegen.

»Schaff mir die Viecher vom Kopf, Lizzy!«

»Zwerghamster, Mittelhamster oder Goldhamster!« Jetzt lag ein ungeduldiger Unterton in der Stimme der Verkäuferin.

»Aurelia, jetzt lass ihn mal in Ruhe!« Lizzy packte Aurelia und zog sie von Pim weg. Doch Aurelia hatte sich mit ihren Krallen fest in Finns Haaren verhakt.

»Aua! Diese blöden Viecher, verdammt noch mal!«, schrie Finn.

»Wie bitte?«, schrillte die Verkäuferin durch das Telefon.

»Ich …, ähm …, Gold… ich meine: Goldhamster«, keuchte Finn.

»Für Goldhamster kommt eigentlich nur unser Rodoped Woodwheel infrage. 52 Euro, ist aber dafür massiv Kiefer. Und für einen Goldhamster darf's ja schon mal was Besonderes sein, oder?«

»Na klar, auf jeden Fall. Ich komme morgen vorbei. Woodwheel, Kiefer.«

Finn stöhnte erleichtert auf. Lizzy hatte Aurelias Krallen aus seinen Haarsträhnen entwirrt und sie durch die offene Tür in Pims Käfig geschubst. Pim saß starr vor Schreck auf Finns Kopf. Die jähe Trennung von seiner heißen Liebe Aurelia hatte ihn in eine Art Schockzustand versetzt. Fassungslos klappte er seinen Schnabel auf und zu, auf und zu.

Von draußen war ein Rumpeln zu hören. Die Verkäuferin hatte auf dem Rückweg zur Vogelabteilung den Ständer mit Katzenhalsbändern umgeworfen.

»So-ho, wir schließen jetzt!«, trällerte sie glockenhell, während sie den Ständer wieder aufrichtete.

Mit einem Ruck riss Lizzy Pim von Finns Kopf. Und mit Pim zwei dicke blonde Haarbüschel, die das Aramännchen in seinen Krallen festhielt. Um Finns Mund zeichnete sich ein blasser Ring ab. Aber Finn blieb tapfer und ließ keinen Mucks vernehmen. Nur eine einzelne Träne kullerte über seine erhitzte Wange. Schnell versteckte Lizzy Pim unter ihrer Mantelbrust, bevor die Verkäuferin zurückkam.

Finns Haare standen in zerzausten Zotteln vom Kopf ab, und Lizzy sah nach dem Kampf mit den verrückten Vögeln ebenfalls ziemlich mitgenommen aus. Sie atmete schwer und brachte vor Aufregung keinen Ton heraus. Die Verkäuferin schaute verwundert von Lizzy zu Finn und dann zum Käfig, in dem Aurelia mit hängenden Flügeln kläglich vor sich hin krächzte. Die beiden Kakadus blickten einander stumm an, und die Sittiche schwatzten fröhlich und flatterten, als ob nichts geschehen wäre. An den Augenbewegungen der Verkäuferin erkannte Lizzy, dass sie rasch durchzählte, ob auch kein Vogel fehlte. Als sie mit dem Zählen fertig war, hellte sich ihr Gesicht auf.

»Alles in Ordnung. Was haltet ihr davon, wenn ihr morgen wiederkommt? Wir haben nämlich schon seit zehn Minuten geschlossen.«

Finn kämmte und glättete seine zerwühlten Haare. »Machen wir, geht klar. Morgen.«

Lizzy grinste gequält, weil Pim unter dem Mantel an ihrem Handgelenk herumknabberte und dabei nicht gerade feinfühlend war.

»Morgen um zehn. Gleich, wenn Sie aufmachen, sind wir da«, ächzte Lizzy und verließ eilig hinter Finn das Geschäft.

»Diese Scheißvögel!«, fluchte Finn, als sie zwischen blinkenden Rentierschlitten und funkelnden Plastikschneesternen nach unten fuhren. Finn holte ein Papiertaschentuch hervor und wischte sich etwas vom Kopf, das braun und schleimig aussah und gar nicht gut roch.

Pim gegen Aurelia auszutauschen war schwierig genug gewesen. Aber es war ein Kindergeburtstag, verglichen mit der S-Bahn-Fahrt mit dem vollkommen durchgedrehten Pim unter dem Mantel. Unablässig zappelte er mit seinen kurzen Vogelbeinen und krallte sich in Lizzys Strickjacke fest und rammte seinen spitzen Hakenschnabel in ihren Bauch. Lizzy versuchte, sich nichts anmerken zu lassen. Trotzdem verzog sie einige Male schmerzvoll den Mund.

»Mädchen, Mädchen. Das sieht nach Magen-Darm-Virus aus«, sorgte sich ein rotnasiger Mann mit Blick auf Lizzys Bauch, den sie krampfhaft mit ihren Händen umschloss, um Pim im Zaum zu halten. »Damit ist nicht zu spaßen. Den hatte ich letzte Woche auch.« Die Rotnase hob seine Bierdose: »Das ist das Einzige, was dagegen hilft.« Der Mann nahm einen Schluck Bier und grinste Lizzy mitleidig an.

Weder Lizzy noch Finn hatten die Kraft, dem Mann zu antworten, und so ließen sie ihn einfach reden, bis sie an der Station Reeperbahn ausstiegen. Jetzt waren es nur noch wenige Hundert Meter zu Finns Haus. Am Treppenaufgang zur Talstraße blieb Finn plötzlich stehen. Er spähte nach oben und drückte sich dann rasch an die rot gekachelte Wand des Aufgangs. Lizzy machte es genauso und spähte nach oben. Der Ausgang lag zwar im Dunkeln, doch Lizzy erkannte genau, wer dort oben stand. Es war Mike, der Anführer der Dogs. Er lief aufgeregt auf und ab und telefonierte.

»Was will denn der Oberaffe?«, fragte Finn.

»Er scheint auf irgendwen zu warten!«, flüsterte Lizzy. Finn legte den Finger an seinen Mund und schloss konzentriert die Augen.

»Hörst du was?«, fragte Lizzy.

Finn schüttelte den Kopf. »Ich verstehe nur ›beschatten‹!«

»Ob der uns meint?«

»Keine Ahnung«, antwortete Finn. »Aber wir nehmen besser den anderen Aufgang.«

6. Tauschgeschäfte

Jeong lag in ihrem Bett und grübelte. Das Einwickelpapier etlicher Glückskekse knisterte auf ihrem Kopfkissen. Sechs oder sieben Stück musste sie nach eigenen Berechnungen schon vertilgt haben. Aber keiner der Kekse hatte einen Spruch enthalten, der zur Vorbereitung der Übergabe von Pim an Matze und Emir hätte helfen können. Jeongs Bauch gab seufzende Geräusche von sich, und ihr Magen fing an zu stechen. Natürlich war es nicht gesund, so viele Glückskekse auf einmal zu essen. Aber wie sonst sollte Jeong einen Spruch finden, der ihr bei der Entwicklung eines Plans hätte helfen können? Jeong bettete ihren Kopf auf die Unterarme und starrte zu den kreisrunden Schatten an der Decke. Klar, dass Emir und Matze sie an der Nase herumführen würden. Was sie wollten, war der Vogel und damit die Koordinaten zum Schatzversteck. Und damit Lizzy, Finn und Jeong den Ara herausrückten, lockten diese Gauner sie mit Geld. Natürlich dachten Matze und Emir nicht im Geringsten daran, ihnen die tausend Euro wirklich zu geben. Aber sie brauchten das

Geld unbedingt, um Aurelia aus der Zoohandlung freizukaufen. Sie mussten es schaffen, Matze und Emir auszutricksen. Sonst würde Aurelia für immer und ewig in der Zoohandlung vor sich hin schmoren und das Geheimnis der Schatzkoordinaten bestenfalls den beiden alten Kakadu-Damen im Nachbarkäfig anvertrauen.

»Was tust du da?«, unterbrach Akemi Jeongs Gedanken. Er lag auf den Ellenbogen gestützt im Bett gegenüber und spielte »Treasure Quest« auf seinem Nintendo.

»Ich mache nichts. Siehst du doch. Ich gucke zur Decke.« Jeongs Zeigefinger tippte nervös auf ihren Mund.

»Denkst du nach, oder bist du einfach traurig, weil Aurelia weggeflogen ist?«, wollte Akemi wissen.

»Hm«, sagte Jeong. »Traurig? Ich bin nicht traurig. Sicher kommt Aurelia zurück.«

»Au ja! Und dann kann ich den Papagei haben.« Akemi klappte sein Spiel zu. »Ich will endlich mal mit etwas anderem spielen. Mit ›Treasure Quest I‹ bin ich schon auf Level acht, das ist total öde.«

»Hm«, sagte Jeong noch mal. Die kleine Nervensäge störte sie gehörig beim Nachdenken.

»Du, bei Level acht wird der Schatz von einer roten Qualle verschluckt, aber du weißt nicht, welche Qualle den Schatz geschluckt hat. Und dann musst du die Qualle jagen. Aber die richtige. Und das ist voll schwer, weil die alle durcheinanderschwimmen, und dann …«

»Hm.« Die Gedanken in Jeongs Kopf hatten plötzlich aufgehört durcheinanderzuwirbeln. Schnurgerade liefen alle in eine Richtung. Und Jeong sah mit einem Mal ganz genau vor sich, wie die Übergabe klappen konnte. Natürlich! Sie würden es machen wie die Quallen. Sie würden das Geld verschlucken und dann durcheinanderwirbeln.

»He, Jeong! Du hörst mir ja überhaupt nicht zu«, nölte Akemi.

»Doch, doch. Na klar. Die Quallen. Und weiter?«

Akemi setzte sich mit wichtiger Miene in seinem Bett zurecht. »Also noch mal, Jeong, das geht so …«

Es war dunkel, neblig und kalt, als Finn, Jeong, Lizzy und Megabite am nächsten Morgen über die Brücke in Richtung Volkspark marschierten. Unter sich hörten sie die Autobahn. Die Scheinwerfer schillerten rot und orange in der feuchten Luft. Lizzy lief vorneweg und trug den Karton mit Pim. Jeong ging hinter ihr. Sie hatte zwei große Pappschilder unter den linken Arm geklemmt. Zuletzt folgte Finn mit Megabite. An jeder Strebe des Brüstungsgitters blieb der kleine Hund stehen, um zu schnüffeln und sein Bein zu heben.

Nervös drehte Jeong sich zu Finn um. »Sag deinem Hund, er soll heiße Pfoten machen. Wenn wir nicht vor Matze und Emir im Park sind, können wir unseren Plan vergessen.«

»Komm schon, Meggi, na komm.« Finn zog an Megabites Leine. Aber der kleine Hund setzte sich auf die Hinterbeine und rührte sich nicht vom Fleck.

»Na, das kann ja heiter werden«, maulte Lizzy. »Hoffentlich stellt sich Megabite später nicht so doof an.«

»Mein Hund ist nicht doof.« Ärgerlich hob Finn seinen Dackel hoch und trug ihn auf dem Arm weiter.

Die vier überquerten die Asphaltstraße und bogen in den Kiesweg ein, der zwischen dunklen Buchenstämmen zum Brunnen mit den Steinpinguinen führte. Jeong stellte eines der Schilder am Brunnenrand ab, das zweite versteckte sie unter einer Parkbank in der Nähe.

»Und jetzt?«, wollte Lizzy wissen.

»Jetzt schlagen wir uns dort hinten ins Gebüsch und warten ab.«

Eine endlose Weile kauerten die Freunde nun schon hinter den dunklen Ästen des Rhododendrons. Nichts passierte. Über dem Weg und über dem Holzpavillon auf dem kleinen Hügel gegenüber wurde es langsam hell. Nur zwei Krähen, die sich auf der Parkwiese um eine zerrissene Papiertüte stritten, waren zu sehen. Jeong kaute aufgeregt auf ihrer Unterlippe. Im Nieselregen wölbten sich die Ränder des Pappschilds am Brunnenrand immer mehr nach innen. *Leg das Geld hierhin. Der Vogel ist unter der dritten Bank rechts,* war darauf zu lesen.

Mit besorgter Miene verfolgte Jeong, wie die Buchstaben auf dem durchweichten Pappschild langsam verschwammen. »Mist. Das Schild gibt gleich seinen Geist auf.«

»Matze und Emir werden sicher gleich kommen«, meinte Lizzy. »Das Schild wird schon halten.«

Auch Finn machte ein besorgtes Gesicht. Die Filzschreiberbuchstaben waren fast nicht mehr zu entziffern. Was, wenn Matze und Emir die Anweisung darauf gar nicht mehr lesen konnten?

»Da ist ein Licht!«, rief Lizzy.

»Pssst, nicht so laut«, zischte Jeong. Tatsächlich lief neben dem runden Holzpavillon jemand mit einer Taschenlampe vorbei.

»Und wenn es gar nicht Matze ist?« Finn kraulte aufgeregt an Megabites Ohren.

»Natürlich ist es Matze.«

»Ruhe jetzt. Er kommt.«

Finn fixierte die Gestalt mit zusammengekniffenen Augen. »Wer immer es ist, eine Tasche mit Geld hat er jedenfalls nicht dabei.«

»Ich sag doch, dass die uns reinlegen wollen«, flüsterte Jeong.

Das gelbe Licht der Taschenlampe schwankte durch die Morgendämmerung auf den Brunnen zu. Der Mann blieb stehen und las das Schild. Jeong erkannte, dass er eine

Lederjacke trug und seine langen Haare zu einem Pferdeschwanz zusammengebunden hatte.

Matze hob das Schild auf und sah sich um. Dabei brummte er leise etwas vor sich hin. Dann ging er auf die Parkbank zu und begann darunter herumzusuchen. Plötzlich kam er fluchend hoch und hielt das zweite Schild in der Hand. Er zog sein Handy hervor und telefonierte.

»He, Emir. Diese frechen Gören wollen Geld sehen. Sie schreiben, dass sie sonst den Vogel nicht rausrücken … Okay, das müssen wir wohl. Ich warte am Brunnen.«

»Und nun?«, fragte Finn über die Schulter.

»Gleich kommt euer Einsatz«, erklärte Jeong. »Emir wird das Geld bringen, und wir geben ihnen Pim. Sobald sie den Vogel haben, werden sie versuchen, uns das Geld wieder wegzunehmen.«

»Klar.« Finn kraulte Megabites Nacken. »Dann sind *wir* dran, Alter.«

In diesem Moment tauchte ein zweiter Mann am Brunnen auf. Er war klein und hatte einen Kugelbauch, der zwischen seiner karierten Holzfällerjacke und dem tief sitzenden Hosenbund hervorlugte. Auf dem Kopf trug er eine Schirmmütze.

»Das muss Emir mit dem Geld sein!«, flüsterte Lizzy.

Emir zog ein Bündel Geldscheine aus seiner Jackentasche und hob es mit gestrecktem Arm hoch. Dann drehte er sich ganz langsam um seine eigene Achse.

»Ja, ja! Schon gut. Wir haben's gesehen, dass du das Geld dabeihast«, flüsterte Jeong.

Jetzt band Matze ein Gummiband um das Geld und legte es auf den Brunnenrand.

Jeong nickte Finn und Megabite zu. »Go!«

Finn bog die Zweige vor sich zur Seite und schlüpfte mit Megabite nach draußen auf den Weg.

»Der Junge«, raunte Matze, »er steckt mit den Gören unter einer Decke.«

Finn beschleunigte seine Schritte. In zehn Meter Entfernung blieb er vor Matze und Emir stehen. Die beiden Kerle bauten sich mit verschränkten Armen vor Finn auf.

»He, du Gartenzwerg. Was soll das? Wir haben einen Vogel bestellt und nicht so 'ne Klobürste auf vier Beinen«, höhnte Emir.

Megabite kläffte empört, als hätte er genau verstanden, dass die Beleidigung ihm galt. Finns Herz hämmerte laut. Er konnte es nicht leiden, wenn jemand seinen Hund beleidigte.

»Erst das Geld, dann den Papagei«, fauchte Finn.

»Ganz ruhig, Bürschchen. Hier ist es ja.« Emir hob das Geldbündel vom Brunnenrand.

»Herzeigen!«, befahl Finn. Seine Wut hatte sich zu handfestem Zorn zusammengeballt.

Emir blätterte mit dem Daumen einzelne Geldscheine

auf. Sie glänzten im Schein der Taschenlampe. Kein Zweifel, das Geld war echt. Emir zählte: »... achthundert, neunhundert, tausend.«

»Okay.« Finn ritzte mit der Schuhspitze eine Furche in den Kiesweg und legte eine rote Plastiktüte darauf. Megabite drückte seine Schnauze auf den Boden und begann aufgeregt zu schnüffeln. Finn zog den winselnden Hund an der Leine zurück. »Gleich, mein Guter, gleich.« Finn bewegte sich im Rückwärtsschritt langsam von der Tüte weg.

»Legen Sie das Geld in die Tüte. Aber dalli!«

»Du spinnst wohl. Und wo bleibt der Vogel?«, schrie Emir.

»Tun Sie einfach, was ich sage. Sonst werden Sie Aurelia nicht bekommen.«

Emir verzog widerwillig das Gesicht und stopfte langsam das Geld in die rote Tüte. »Igitt, Fisch!«, stellte Emir angewidert fest. Megabite schnüffelte mit emporgereckter Schnauze.

»Los jetzt!«, befahl Finn.

Emir legte die Tüte an die von Finn gekennzeichnete Stelle. Matzes Füße scharrten nervös auf dem Kies. »Versuch nicht, uns reinzulegen, Junge. Sonst könnte das dir und deinem Köter verdammt leidtun. Also, wo ist der Vogel?«

Megabite zog und zerrte an der gespannten Leine. Er

konnte es nicht abwarten, endlich die herrlich nach Fisch duftende Tüte zwischen seine Zähne zu bekommen. Nur mit Mühe konnte Finn ihn am Halsband zurückhalten. »Der Vogel ist drüben im Pavillon«, rief er. Sofort rannte Matze zu dem kleinen Holzbau hinüber. Nach wenigen Minuten hörte man, wie er den Karton über den Fußboden zog.

»Es ist der Vogel, Emir. Es ist Eisenwinters Ara«, jubelte Matze.

Die Nachricht versetzte Emir in helle Aufregung. Das war der Moment, um zuzuschlagen.

»Los, Megabite, fass!«, zischte Finn.

Megabite sauste an der Leine vor und biss in die rote Tüte, in der Jeongs Mutter gestern rohen Fisch transportiert hatte. Megabite liebte nichts so sehr wie den Geruch von Fisch.

»Lauft!«, rief Finn in Richtung Rhododendron. Dann rannte er hinter Megabite, der die Geldtüte im Maul hatte, über die Wiese davon.

Lizzy und Jeong sprangen aus dem Gebüsch und liefen los. Quer über die Wiese in Richtung Asphaltweg. Plötzlich schlug Jeong einen Haken und rannte zurück in Finns Richtung. Er und Megabite hetzten in ziemlich rasantem Tempo auf Jeong zu. Emir war Finn dicht auf den Fersen und streckte seine Hand nach ihm aus. Er war auf seinen kurzen Beinen erstaunlich schnell. »Das würde dir so gefallen, Jungchen. Gib sofort das Geld zurück.« Emirs Hand schwebte gefährlich über Finns Schulter. Seine Fingerspitzen berührten schon beinahe den Fellkragen von Finns Jacke. Jeong lief, so schnell sie konnte, dabei fasste sie unter ihre Jacke und zog eine zweite rote Plastiktüte hervor. In wenigen Augenblicken hatte sie Megabite erreicht.

»Schneller, Finn, schneller!«, rief Jeong. In der nächsten Sekunde würde Emir Finn zu fassen bekommen. Genau in diesem Moment ließ Finn Megabites Leine los, und der kleine Hund rannte auf Jeong zu. Mit einem Satz war Jeong bei ihm, griff nach seiner Leine, und warf unbeobachtet ihre Plastiktüte zu Boden. »Komm her, du kleiner Superhund!« Jeong packte Megabite, klemmte ihn sich unter den Arm und rannte in Richtung Straße davon.

»He, Freundchen, hiergeblieben.« Emir packte Finn an der Schulter. Aber dann blieb er verdutzt stehen. Er sah die rote Tüte im Gras liegen und grinste gierig.

»Da ist ja mein Geld! Der dumme Köter hat es ausgespuckt!«

Finn riss sich los und vollführte einen Hechtsprung nach der Tüte wie ein Torwart nach dem Elfmeterball.

»Gib das Geld her!«, keuchte Emir. Mit einem Platsch landete Emir auf Finns Rücken. Uff! Finn blieb die Luft weg. Emirs dicker Kugelbauch presste Finn platt wie einen Pfannkuchen. »Ich sag's nicht noch mal! Gib mir die

Tüte!« Finn konnte Emirs warmen Atem an seinem Ohr spüren. Er roch eklig nach Zwiebeln und Leberkäse. Es gelang Finn, sich freizustrampeln. Ächzend wälzte er sich unter Emir zur Seite und warf die rote Tüte in hohem Bogen von sich. Augenblicklich ließ Emir ihn los und stürzte der Tüte hinterher. »Ich hab sie! Ich hab das Geld. Matze, das Geld!« Emir küsste die Tüte und führte einen Freudentanz auf.

Finn verlor keine Sekunde. Er richtete sich blitzschnell auf und sprintete davon, obwohl ihm jeder Knochen einzeln wehtat. Über die Wiese auf den Asphaltweg und dann zur Autobahnbrücke. Als Finn die Brücke schon erreicht hatte, hörte er Matzes Gebrüll aus dem Park.

»Sie haben uns reingelegt. Diese verdammten Bengel haben uns reingelegt. Da ist Klopapier in der Tüte.«

»Schon gut, Emir«, beruhigte ihn Matze. »Immerhin haben wir den Ara. Der ist doch viel mehr wert als das blöde Geld.«

»Sieben, acht, neun, tausend Euro!« Lizzy zählte die Geldscheine auf den umgedrehten Eimer auf Finns Dachboden. Ihre Hände zitterten leicht. »So einen Haufen Geld auf einmal hab ich noch nie gesehen.«

Megabite schnüffelte interessiert an den Geldscheinen. Dann begann er zu winseln und das Geldbündel inbrünstig abzulecken.

»Pfui, Megabite, lass das!« Finn zog den Hund am Halsband weg.

Jeong lächelte. »Die beiden roten Tüten waren vom Fischgeschäft, in dem meine Mutter Thunfisch kauft. Sie waren vollkommen gleich. Bis auf die Kleinigkeit, dass sich in der einen das Geld befand und in der anderen ein Bündel Klopapier. Hier, Megabite, das hast du dir verdient.«

Jeong warf Megabite zwei kleine Stückchen Fisch hin. Megabite verschlang sie in Sekundenbruchteilen und leckte hinterher den Boden ab, bis eine kleine Pfütze entstand. »Das mit den Tüten war eine geniale Idee. Ohne die säßen wir jetzt garantiert ohne Geld da.«

Finn kraulte Megabites Rückenhaare, und der kleine Hund streckte sich genüsslich.

»Ehrlich gesagt hat Akemi mich auf die Idee gebracht. Er hat da so ein Spiel ...«

»Jeong, es ist schon halb elf«, unterbrach Lizzy. »Ich will ja nicht drängeln, aber wir sollten uns so langsam auf den Weg in die Zoohandlung machen. Sicher wartet Aurelia schon auf uns.«

Jeongs Miene verfinsterte sich. »Es gibt da leider noch jemanden, der auf mich wartet.«

»Oh nein, du meinst doch nicht etwa dein kleines Monster mit fünf Buchstaben?«

»Doch, leider. Meine Mutter hat heute Vormittag einen

Friseurtermin. Ich hab versprochen, auf Akemi aufzupassen. Ich kann leider gar nichts dagegen machen. Ich muss Akemi mitnehmen.«

Finn sah erst skeptisch zu Lizzy, dann zu Jeong. »Hm. Ich weiß nicht. Vielleicht wäre es gut, wenn ihr beide vor der Zoohandlung aufpasst, während wir Aurelia holen. Nur für alle Fälle, falls Matze und Emir auftauchen.«

»Meinst du, die finden so schnell heraus, dass sie den falschen Vogel gefangen haben?«, fragte Jeong.

Lizzy grinste. »Den kleinen Unterschied zwischen Männchen und Weibchen festzustellen, das schaffen sogar solche Mooskӧpfe wie Matze und Emir.«

»Und warum ist Aurelia jetzt in der Zoohandlung?« Akemi zog ungeduldig an Jeongs Arm, als die Freunde mit der Rolltreppe in den zweiten Stock des Einkaufszentrums fuhren.

»Wir haben Aurelia dort versteckt«, erklärte Jeong. »Vor den beiden Männern, die Aurelia klauen wollen.«

»Und warum?«

»Mensch, Akemi, ich hab's dir doch gerade erklärt. Aurelia kennt geheime Koordinaten.«

Akemi betrachtete nachdenklich das schwebende Rentier mit der rot blinkenden Nase. »Und mit den Koordinaten geht ihr wieder auf Schatzsuche, stimmt's?«

»Stimmt genau.«

»Aber ich komme mit.«

»Ich weiß nicht, Akemi, das ist viel zu gefährlich. Du hast den Ganoven doch selbst gesehen. Mit dem ist nicht zu spaßen.«

Die Freunde verließen die Rolltreppe und gingen auf die Zoohandlung zu.

»Ich will mit, oder ich brülle so laut, dass dir die Ohren wehtun. Ich finde den Schatz, und der gehört dann mir.«

»Okay, Akemi. Was hältst du davon, wenn wir zum Media Markt gehen? Da gibt es ›Treasure Quest, Teil II‹«, versuchte Jeong ihn abzulenken.

Finn nickte heftig. »Gute Idee. Teil I findest du ohnehin schon langweilig.«

»Holt ihr beide Aurelia«, flüsterte Jeong zu Lizzy und Finn. »Der Kleine weiß sowieso schon mehr über unsere Pläne, als gut ist.«

Über Akemis Nasenwurzel erschien eine gezackte Falte, und seine schwarzen Augen glänzten gefährlich. »Ihr wollt mich bloß loswerden. Aber das klappt nicht! Wenn ich nicht mitdarf zur Schatzsuche, verrate ich Mama und Papa, dass ihr Aurelia vor mir versteckt habt.«

Jeong schlug die Hände vors Gesicht und schüttelte den Kopf. »Heiliger Konfuzius. Bei der kleinen Stinkmorchel ist Hopfen und Malz verloren.«

»Hör mal, Akemi!« Finn ging vor Akemi in die Hocke und streichelte sanft seinen Oberarm. »Wir mussten Aurelia doch beschützen. Oder wäre es dir lieber, wenn die bösen Männer sie bekommen?«

Akemi zog wütend seinen Arm weg. »Das ist mein Papagei. Ihr seid gemein! Mama hat gesagt, dass ich den bekomme.«

»Akemi!« Lizzy ging ebenfalls vor Akemi in die Hocke und säuselte mit allerliebster Elfenstimme. »Jetzt holen wir Aurelia, und sie verrät uns die Schatzkoordinaten.«

Akemi guckte bockig. In seinem kleinen Kopf arbeitete es. »Wenn ihr mich nicht mitnehmt, sag ich alles Mama! Ich will mit. Ihr müsst mich mitnehmen! Ihr müsst!« Akemi trippelte auf seinen kurzen Beinen und hielt die Luft an. Seine Gesichtsfarbe wechselte von Tomatenrot zu Pflaumenblau. Jeong sah Finn Hilfe suchend an. In zwei Sekunden würde sich Akemi auf dem Fußboden wälzen und in einem Wutanfall das ganze Einkaufszentrum zusammenbrüllen.

»Okay, okay«, schaltete Finn sich ein. »Natürlich nehmen wir dich mit, Akemi. Ohne dich würde ja unser ganzer Plan gar nicht funktionieren. Und jetzt musst du vor dem Zooladen Schmiere stehen und uns warnen, falls Emir und Matze auftauchen. Das kannst du doch, oder?«

Akemi nickte und schniefte durch die Nase.

»Du bist unsere einzige Hoffnung«, säuselte Finn. »Jeong würde das ohne dich allein gar nicht schaffen, oder, Jeong?«

Jeong rollte genervt die Augen. »Stimmt«, seufzte sie, »ohne Akemi läuft es nicht.«

Akemis Augen blitzten Jeong wütend an. »Wenn du willst, dass ich dir helfe, musst du aber Bitte sagen.«

Jeong atmete durch und schluckte.

»Akemi, ich wäre so froh, wenn du … mir helfen … könntest … bitte!« An jedem einzelnen Wort würgte Jeong herum, als verspeiste sie lebendige Tintenfische, und in ihrem Magen fühlte sich alles ganz flau an.

Akemi hob langsam den Kopf und grinste. Er nickte zufrieden, und das hatte so viel zu bedeuten wie: Na bitte, es geht doch!

»Ich glaube, wir sollten jetzt weitermachen«, flüsterte Lizzy. »Guckt mal, wer da unten ist!«

Vorsichtig spähten Jeong und Finn über das Metallgeländer. Unten am Feinkostladen stand Richard von den Dogs und telefonierte mit seinem Handy. Dabei schaute er sich konzentriert in alle Richtungen um.

»Merkwürdig, was will der denn hier? Sieht aus, als suchte er jemanden.« Finn trat vom Geländer zurück, damit Richard ihn nicht sehen konnte.

»Gestern Abend waren die Dogs auch da, als wir aus der S-Bahn gestiegen sind. Es sieht so aus, als spionierten sie hinter uns her«, murmelte Lizzy.

»Ich fresse einen Besen, wenn die Dogs nicht mit Matze und Emir unter einer Decke stecken. Ich sag dir, die machen gemeinsame Sache mit diesen Stinkesocken«, überlegte Finn.

»Meinst du? Zumindest würde es erklären, warum Matze und Emir immer genau wissen, wo wir uns aufhalten.« Jeong kaute nervös auf ihrer Unterlippe. »Jedenfalls hat Lizzy recht, wir müssen uns beeilen.«

Akemi und Jeong bezogen Stellung hinter einer Säule und sahen zu, wie Lizzy und Finn die Zoohandlung betraten. Die Verkäuferin mit der Zahnspange begrüßte Lizzy und Finn und begleitete sie zu Aurelias Käfig. Sofort begann Aurelia erfreut mit den Flügeln zu schlagen. Offenbar hatte sie Lizzy gleich erkannt. Finn redete auf die Verkäuferin ein. Die Verkäuferin nickte, schüttelte den Kopf und nickte wieder. Dann schloss sie die Käfigtür auf. Lizzy streckte ihre Hand hinein und lockte Aurelia. Aurelia hüpfte auf Lizzys Hand und schmiegte ihren Kopf an ihre Wange. Die beiden Kakadu-Damen im Nachbarkäfig beobachteten das Geschehen mit hängenden Köpfen. Auch die Sittiche schienen sauer darüber zu sein, dass der Tag der Freiheit für sie noch nicht gekommen war. Aurelia flatterte und hüpfte von Lizzys Unterarm auf ihre Schulter. Die Verkäuferin lachte und ging mit Finn zur Verkaufstheke. Jeong klopfte an die Glasscheibe und winkte. Mist. Warum guckte Lizzy denn nicht? Sie war ganz mit Aurelia beschäftigt.

»Auuuuuhhhh!«

Jeong spürte einen stechenden Schmerz im großen Zeh, der sich wie Feuer über die ganze Haut ihres Körpers bis in die Haarwurzeln ausbreitete.

Akemi! Er stand grinsend wie ein chinesischer Dämon auf ihrem Zeh und zeigte nach unten. »Du-hu! Der Mann mit der gebogenen Nase. Der ist da unten am Blumenstand.«

Jeong fuhr herum. Tatsächlich: Unten standen Emir und Matze und palaverten miteinander.

»Wie lange stehen die schon da?«, fragte Jeong ängstlich.

»Keine Ahnung, ich hab die doch gerade erst gesehen!«, flüsterte Akemi.

Jeong wandte sich zum Schaufenster um. Sie musste Lizzy und Finn so schnell wie möglich warnen. Wenn Matze und Emir sie sahen, war alles vorbei. Eben kamen Finn und Lizzy aus dem Eingang der Zoohandlung. Lizzy hielt den Karton mit Aurelia hoch, und Finn machte mit beiden Händen Victoryzeichen.

»Achtung, Köpfe runter!« Jeongs Hand rasierte durch die Luft. Lizzy und Finn schalteten sofort und gingen hinter der Säule vor dem Rentierschlitten in Deckung.

»Ihr müsst übers Parkdeck raus«, raunte Jeong. »Die beiden Gauner sind hier. Wahrscheinlich haben sie wirklich die Dogs als Spürhunde angeheuert.«

Lizzy und Finn trippelten geduckt in Richtung Parkdeck.

»Wir treffen uns zu Hause!«, rief Jeong ihnen nach. »Ich lenke die zwei Ganoven ab. Und Akemi …« Jeong drehte sich um. »Verdammt, Akemi!«

Wo war Akemi?

Jeong rannte über die Rolltreppe zum Zwischengeschoss. Von hier aus konnte man das Erdgeschoss mit den vielen Verkaufsständen und Geschäften gut überblicken. Aber außer einem Wirrwarr aus Mantelrücken, Köpfen und Tüten konnte Jeong nichts erkennen. Hoffentlich war Akemi den beiden Ganoven nicht schon in die Arme gelaufen! Kein Zweifel, dass Matze ihn sofort erkennen würde. Jeong presste ihren Zeigefinger fest an den Mund. Wohin war der kleine Teufel bloß abgehauen? Genau genommen gab es nur drei Möglichkeiten: die Zoohandlung, den Media Markt und den Spielzeugladen. Jeong entschloss sich, zuerst im Elektronikmarkt nach Akemi zu suchen. Sie flitzte durch die Abteilung mit den Küchengeräten und Lampen zur Computerabteilung. Aber weder bei den Spielkonsolen noch bei den Flachbildschirmen oder den Flugsimulatoren war Akemi zu finden.

»Kann ich dir helfen?« Ein Verkäufer mit langen Korkenzieherlocken grinste Jeong freundlich an.

»Ein kleiner Junge mit ganz kurzen schwarzen Haaren,

etwa so groß.« Jeong hob die Hand vor die Brust. »Haben Sie den gesehen?«

»Ja, klar. Der stand vorhin drüben am Eingang zum Spielzeugladen.«

»Danke!« Jeong rannte nach draußen. Sie sah Akemi sofort vom Ladeneingang aus. Er stand am Dino-Regal und hatte Flugsaurier in beiden Händen, die er aufeinander zufliegen ließ.

»Wrrrrr, dsch-dsch-dsch!« Die Saurier hackten im Luftgefecht mit ihren langen Schnäbeln aufeinander ein.

»Sag mal, spinnst du?«, keuchte Jeong. »Du kannst doch nicht einfach mir nix, dir nix abhauen. Matze und Emir können jeden Moment ... auweia!«

Im runden Spiegel oberhalb des Dino-Regals, der als Schutz vor Ladendieben angebracht war, sah Jeong, wie Matze und Emir den Laden betraten. Emir schob seine Schirmmütze zurecht und schaute sich suchend um. Jeong schaltete sofort. Sie zog Akemi an sich und hielt ihm den Mund zu. Dann ging sie hinter dem Regal mit den Plastikelfen und Fantasyhelden in Deckung.

»Hmpf«, machte Akemi und rang nach Luft. Seine Augen wurden ganz groß über Jeongs Hand. Er konnte durch das Regal hindurch sehen, wie Matze und Emir die Hälse reckten und sich im Laden umsahen.

»Was glaubst du, wen die hier suchen, du Blödmann?«, zischte Jeong in Akemis Ohr. Dann nahm sie ihre Hand von seinem Mund. Akemi riss den Mund auf und rang nach Luft. Aber er gab keinen Ton von sich. Offensichtlich begriff er, in welche Gefahr er geraten war. Emir und Matze schlenderten auf das Elfenregal zu. Matzes Cowboystiefel knallten bei jedem Schritt auf dem Boden wie Pistolenschüsse. Akemi zuckte mehrmals zusammen.

»Ich hätte schwören können, der Knilch ist hier reingerannt. He, du!«, wandte Matze sich an einen kleinen Jungen mit Segelohren, der gerade die Harry-Potter-Kostüme durchstöberte. »Hast du ein kleines Schlitzaugengesicht mit Igelfriseur gesehen?« Der Junge schüttelte ängstlich den Kopf und hastete in weitem Bogen um Matze herum zur Kasse.

»He, jetzt warte doch!«, rief Matze ihm nach. Der Kleine rannte zum Ausgang.

Schnell zog Jeong Akemi mit sich hinter die Kleiderstange mit den Zaubererkostümen. Jeongs Herz hämmerte.

»Was machen wir, wenn sie uns finden?«, flüsterte Akemi aufgeregt.

»Was wir machen, weiß ich nicht. Ich weiß nur, was die zwei mit uns anstellen. Die machen Vogelfutter aus uns, da bin ich mir sicher.«

Zwischen Zaubermänteln und Flugbesen spähten Akemi und Jeong zitternd nach draußen. Matzes spitze Cowboystiefel aus Schlangenleder kamen direkt auf den

Kleiderständer zu. Dann blieben sie stehen. Unschlüssig wandten sich Matzes Stiefel mal nach rechts, dann nach links. Das Schlangenleder knarrte. Matzes Hand griff nach einem Kostüm direkt vor Akemis Nase und zog es zur Seite. Akemi riss stumm den Mund auf. Matze trug einen Ring mit einem silbernen Totenkopf auf dem Mittelfinger. Er sah schrecklich aus. Matze pfiff bewundernd durch die Zähne und zog das Kostüm mitsamt dem Kleiderbügel von der Stange. Jeong und Akemi konnten sehen, wie er mit dem Kostüm auf Emir zuging und es ihm an die Brust hielt. »Guck mal, Alter, die Dinger sehen richtig cool aus. Soll ich nachsehen, ob was in deiner Größe dabei ist?«

»Idiot!«, zischte Emir. »Hilf mir lieber die Bälger suchen. Ich will mein Geld und diesen verdammten Papagei!«

»Schon gut, Emir! Wir finden diese Gartenzwerge.« Matze pfefferte das Kostüm auf den Ständer zurück. »Und dann stopfen wir ihnen ihre Zipfelmützen einzeln in den Rachen.« Matze stieß ein wieherndes Lachen aus. Jeong und Akemi zogen die Köpfe ein. Sie sahen, wie sich Matzes Stiefel rasch entfernten. Kurz darauf hörten sie sein schmutziges Lachen nur noch aus weiter Entfernung.

7. Das Geheimnis der Koordinaten

Aurelia putzte sich mit dem Schnabel unter ihrem rechten Flügel. Sie plusterte ihr Brustgefieder auf und schüttelte sich. Akemi sah ihr fasziniert dabei zu. Dann goss er Wasser aus einer Flasche in die Tränke am Käfiggitter. Das Wasser schwappte über und überschwemmte den Käfigboden.

»He, Akemi. Das ist ein Vogelkäfig und kein Aquarium. Aurelia kriegt Schwimmhäute, wenn du ihren Käfig unter Wasser setzt«, ärgerte sich Lizzy. »So fängt Aurelia jedenfalls nicht an zu sprechen.« Lizzy ließ den Schreibblock sinken und kaute an ihrem Stift.

Akemi kletterte neben Jeong auf den Kohlestapel unter der Dachluke und stützte sein Kinn in die Hände. Jeong legte den Arm um ihn und drückte ihn. Akemi lehnte sich an sie und lächelte. Er war dankbar, dass Jeong ihn vor Matze und Emir gerettet hatte. »Jeong, wann gehen wir jetzt endlich auf Schatzsuche?«, flüsterte er.

Lizzy schüttelte den Kopf über Akemis Frage. »Erklärst du's ihm noch mal, ja?«, wandte sie sich an Finn.

Finn lehnte sich zu Akemi hinüber. »Also, pass auf. Aurelia kennt die Koordinaten, an denen der Schatz liegt.«

»Der Punkt, an dem die Linien sich kreuzen?«

»Genau. Bisher hat Aurelia uns aber erst die Nordkoordinate verraten.«

»Warum?«

»Ähm, ja …« Finn schaute hilflos zu Lizzy.

»Aurelia ist ein sensibler Ara. Sie spricht nur, wenn sie gute Laune hat«, erklärte Lizzy.

»Aha!« Akemi baumelte unruhig mit den Beinen und sah zu, wie Aurelia im Käfig einen Zweikampf mit ihrem Hirsekolben ausfocht. Vogelstreu und Federn flogen in alle Richtungen durch die Gitterstäbe.

»Mensch, Akemi. Jetzt hör schon auf mit dem Gebaumel. Du machst den Vogel ja ganz kirre«, fauchte Lizzy.

Akemi klemmte die gefalteten Hände zwischen die Knie und senkte den Kopf.

Sofort kam auch Aurelia zur Ruhe und schaukelte sanft auf der obersten Sprosse ihrer Strickleiter. Sie legte den Kopf schief und betrachtete die vier Kinder um sich herum, die sie erwartungsvoll anstarrten. Dann hob Aurelia den Kopf und gurrte leise. Sofort setzte Lizzy ihren Bleistift aufs Papier. Aber dann stieß Aurelia bloß krächzende Laute aus, die wie höhnisches Lachen klangen.

»Mist-Mist-Mist!«, ärgerte sich Lizzy. »Mach bitte den Schnabel auf, oder wir werden den Schatz nie finden.«

»Hör auf, ihr Stress zu machen«, warnte Finn. »Aurelia plappert nur, wenn sie entspannt und fröhlich ist.«

Jeong tippte mit dem Zeigefinger an ihre Lippen. »Also, Leute. Lasst uns mal überlegen. Die Kekse aus dem Bioladen haben nichts gebracht. Das Video auf YouTube, in dem ein Papagei Jagd auf einen Schäferhund macht, hat uns auch nicht weitergeholfen. Und bei Akemis Karaoke-Show hat Aurelia Durchfall bekommen.«

Aurelia stieß piepsende Laute aus wie ein Küken und flatterte die Käfigwand hoch. An der Decke hakte sie sich mit ihren Greiffüßen in die Gitterstreben ein und baumelte kopfüber nach unten.

»Lizzy-Lizzy«, flötete Aurelia und schloss die Augen.

»Verdammt, ich krieg langsam das Gefühl, dass die Vogeldame uns Länge mal Breite verarscht!«, sagte Finn. Jeong legte ihren Zeigefinger auf die Lippen. »Psst, du störst mich beim Denken.«

Finn, Lizzy und Akemi schwiegen und sahen zu, wie Aurelia verkehrt herum mit geschlossenen Augen an der Käfigdecke baumelte.

»Vielleicht ist sie gar kein Ara, sondern eine Fledermaus.« Finn kicherte.

»Psssst. Ruhe jetzt!« Jeong funkelte Finn böse an. Dann kramte sie zwei Glückskekse aus ihrer Jackentasche. Einen warf sie Lizzy zu. Lizzy griff ihn geschickt aus der Luft und betrachtete ihn.

»Ich glaube, den kannste behalten. Ich kann mit dem Zeug sowieso nichts anfangen!« Lizzy warf den Keks in Jeongs Richtung zurück. Aber der Keks verfehlte sein Ziel und landete in Aurelias Käfig. Aurelia schaukelte einen Moment lang vor sich hin. Dann öffnete sie ihr rechtes Auge und blinzelte. Sie schien nicht nur verwundert, sondern empört darüber, dass sie in ihrem Käfig mit Dingen beworfen wurde. Aurelia flatterte mit den Flügeln und wanderte an den Käfigstäben nach unten. Dort hackte sie mit dem Schnabel auf den Keks ein, als wolle sie Kleinholz aus ihm machen. Die Verpackung platzte auf, und Aurelia pickte gezielt nach der kleinen Schriftrolle zwischen den Kekskrümeln.

»Nein, Aurelia, nicht!«

Finn, Jeong und Lizzy erwachten aus ihrer Erstarrung. Schon hatte Aurelia das Papierröllchen zu fassen bekommen und zog und zerrte daran wie an einem widerspenstigen Regenwurm. Jeong, Lizzy und Finn sahen erschrocken und fasziniert zu.

Da sprang Lizzy auf und machte sich an der Käfigtür zu schaffen. »Nicht, Aurelia! Gib das her, das ist nichts für dich!« Aber zu spät. Eben hatte Aurelia das letzte Zipfelchen der Schriftrolle hinuntergewürgt. Ihre Augen wurden dick und kugelig, und sie glänzten.

Lizzy presste entsetzt eine Hand vor den Mund. »Oh nein, sie erstickt!«

Tatsächlich riss Aurelia den Schnabel auf und krächzte. Sie verrenkte und drehte den Kopf auf ihrem gelben Hals mal in die eine, mal in die andere Richtung. Zuletzt schüttelte sie sich und plusterte ihr Brustgefieder auf, dass es aussah, als trüge sie einen Mantel mit Fellkragen.

Aurelia schloss die Augen. Und dann sagte sie vernehmbar und deutlich:

»Ost-neun-fünf-fünf-zwo-acht-neun.«

Lizzy, Finn und Jeong starrten einander überrascht an.

»Ost-neun-fünf-fünf-zwo-acht-neun«, wiederholte Akemi. »Sind das die fehlenden Koordinaten?«

»Das sind sie!«, jubelte Jeong, und Lizzys Stift kratzte über das Papier. »Das ist unglaublich, aber die Koordinaten klingen genau wie die vom alten Hafenschuppen, an dem wir vergangene Woche waren.«

Lizzy, Jeong und Finn saßen zusammen in Antonios Eisdiele in der Zirkusstraße. Eis mit Zitronenraspeln und Rhabarbertraum gab es in der kalten Jahreszeit zwar nicht, aber dafür mixte Antonio die leckersten Kakaos in unterschiedlichen Geschmacksnoten: Vanille, Zimt, Chili, Bitter Orange und Karamell. Es gab sie dampfend heiß oder kühl und mit erstaunlich hohen Sahnehauben, die wahlweise mit Krokant- oder Schokostreuseln oder mit buntem Zucker bestreut waren. Antonio servierte seine Kakaos in den hohen Eispokalen zusammen mit winzig kleinen Schokomuffins und Nussecken. Jeong fand Antonios Eisdiele im Herbst und Winter fast noch schöner als im Sommer.

»Bei der Kälte haben wir zwar kein Eis, aber bald die schönsten Eisblumen an den Fenstern«, lachte Antonio.

Schade, dass man sich den Besuch bei Antonio im Herbst und Winter nicht oft leisten konnte. Der Kakao war einfach doppelt so teuer wie eine Tüte Eis, und richtig viel Taschengeld bekam keiner der Freunde.

Aber der heutige Spätnachmittag war natürlich eine Ausnahme. Schließlich musste gebührend gefeiert werden, dass Aurelia das Koordinatengeheimnis preisgegeben hatte. Akemi war für den Rest des Nachmittags im *Hanabi*. Und zwar freiwillig, nachdem Finn, Lizzy und Jeong ihm hoch und heilig versprochen hatten, ihn morgen zur Schatzsuche mitzunehmen. Jetzt saßen die drei Freunde zufrieden an einem der runden Alutische und löffelten sahnige Kakaos. Außer dem Geklimper der Löffel in den Gläsern und genüsslich lautem Schlürfen war nichts zu hören. Megabite schlief friedlich auf einer Decke unter dem Tisch, und Antonio lehnte an der Theke und polierte Silbertabletts. Ab und zu schaute er herüber, lächelte und nickte. Schließlich schob Finn sein Glas von sich und zog das GPS aus der Jackentasche.

»Also, dann wollen wir mal.«

Obwohl die Freunde bereits wussten, wo sich der alte

Schuppen mit dem Kran befand, gab Finn die Koordinaten in das Gerät ein. Denn um hinzukommen, wollten die drei diesmal eine ganz andere Route wählen als letzte Woche. Klar, dass Matze, Emir und die Dogs sie im Visier hatten. Also mussten sie eine geheime Route wählen, um ihre Verfolger abzuschütteln.

»Auf keinen Fall dürfen wir durch den alten Elbtunnel wie beim letzten Mal«, sagte Jeong und schnorchelte mit ihrem Strohhalm im Sahnerest auf dem Grund ihres Glases.

»Exakt. Wir nähern uns dem Schatz aus einer anderen Richtung.« Finn zeigte Lizzy und Jeong die Landkarte auf dem Display des GPS.

»Der Hafen auf der südlichen Elbseite ist für uns über zwei Wege erreichbar. Durch den Tunnel und über diese Brücke hier.«

Finn deutete mit dem sauberen Ende des Strohhalms auf eine S-Bahn-Brücke. »Auf der anderen Uferseite müssen wir allerdings noch eine weite Strecke mit den Fahrrädern zurücklegen.«

Irritiert betrachtete Finn Antonio, der sein Handy vom Tresen nahm und eine Nummer wählte.

»Antonio ist in Ordnung. Du kannst ruhig weitersprechen«, drängte Lizzy. Finn überlegte, dann fuhr er mit gesenkter Stimme fort.

»Der Weg führt größtenteils an Deichen entlang. Ich bin

die Strecke im Sommer mal mit Tom gefahren. Es gibt viele kleine Flüsschen, und jedes hat seinen eigenen Deich. Das ist ziemlich verwirrend, und wir haben uns dreimal verfahren, weil wir kein GPS dabeihatten.«

Jeong betrachtete besorgt ihr leeres Kakaoglas. »Denk dran, dass wir Akemi im Schlepptau haben.«

Finn verzog schmerzlich das Gesicht. »Ich nehm ihn auf den Gepäckträger, wenn's gar nicht anders geht. Solange diese Ganoven nicht herausfinden, welchen Weg wir nehmen, kann uns wenig passieren.«

Jeong sah Finn skeptisch an.

»Kannst du mir sagen, was das da ist?« Lizzy tippte mit der Kugelschreiberspitze auf ein grün umrandetes Gebiet auf dem Display.

»Ach ja, fast hätte ich's vergessen. Das ist ein altes Moor. Früher wurde dort Torf gestochen. Heute gibt es eine Menge kleiner Seen und seltener Pflanzen dort.«

Lizzy runzelte die Stirn. »Müssen wir da durch, oder gibt es noch einen anderen Weg?«

»Es gibt andere Wege, aber da fahren wir direkt an Autostraßen entlang. Falls Matze und Emir uns verfolgen, entdecken sie uns dort sofort. Ich finde, wir sollten Feldwege benutzen und durchs Moor fahren, auch wenn es etwas abgelegen ist.«

Lizzy setzte ein saures Lächeln auf. »Es gibt da noch ein kleines Problem. Ich hab kein Rad.«

Finn zog die Schultern hoch und hob die Handflächen nach oben. »Kein Problem, ich leih dir meins.«

»Das bringt auch nichts. Ich kann doch nicht gut Rad fahren«, entgegnete Lizzy kleinlaut.

Antonio kam herüber und räumte die leeren Gläser auf sein Tablett. »Was macht ihr denn für Gesichter? War saure Milch im Kakao oder zu viel Chili?«

»Nee, alles okay, Antonio«, beruhigte Finn ihn. »Der Kakao war köstlich.«

Lizzy und Jeong nickten bestätigend.

»Mensch, Lizzy! Ein bisschen Treten und Lenken … das kannst du doch. Ich leih dir mein altes Klapprad«, flüsterte Finn, als Antonio weg war.

Lizzy zog den Kopf ein und schnaufte. Dann richtete sie sich entschlossen auf. Sie sah ein, dass es keine andere Möglichkeit gab, an den Schatz heranzukommen, als auf einem Fahrrad. Und zu Hause zu bleiben, während die Freunde mit dem GPS unterwegs waren, kam für Lizzy nicht infrage.

Lizzy begleitete Finn noch auf den Dachboden, um den Heizstrahler anzuschalten und Aurelia eine gute Nacht zu wünschen. Aurelia wanderte schlaftrunken ein paar Schritte auf ihrer Stange hin und her und plusterte ihre Federn.

»Danke, dass du uns die Koordinaten für den Schatz

verraten hast.« Lizzy streckte die Finger durch die Käfigöffnung. Aurelia beugte sich vor und schmiegte zärtlich ihren Kopf an Lizzys Handrücken. »Wenn morgen alles klappt, bringen wir Pim sofort zu dir zurück, versprochen!«

Aurelia ließ ein tiefes Gurren vernehmen, als hätte sie genau verstanden, was Lizzy zu ihr gesagt hatte. Lizzy kraulte mit dem Zeigefinger Aurelias gefiederten Nacken. »Vielleicht finden wir auch deinen Herrn Eisenwinter, dann könnt ihr beide zu ihm zurück.«

Aurelia richtete sich auf und spreizte ihre Flügel ab, als würde sie sich genüsslich strecken. Dann faltete sie sie wieder an den Körper und steckte ihren Kopf unter den rechten Flügel.

»Alles wird gut gehen. Ich versprech's dir«, flüsterte Lizzy. »Schlaf gut, meine Süße.«

8. In der Falle

»Denkt dran, was auf dem Spiel steht. Diesmal haben wir es nicht bloß mit den Dogs zu tun, die uns einen Cache wegschnappen wollen«, sagte Finn. »Diesmal sind echte Verbrecher hinter uns her, und sie sind hinterlistig und bissig wie Haie mit Schluckauf. Wir müssen aufpassen und zusammenbleiben. Falls Emir und Matze einen von uns einzeln erwischen, werden sie versuchen, die Koordinaten des Schatzverstecks aus uns herauszupressen.«

Akemi riss seine vom Schlaf verquollenen Augen auf. Es war kurz nach acht, und sonntags war er noch nie um diese Uhrzeit unterwegs gewesen. Es dämmerte draußen, und die S-Bahn fuhr ratternd über die Brücke mit den wuchtigen Stahlträgern auf die andere Seite der Elbe. Lizzy und Jeong saßen auf den Plätzen ihm gegenüber und hielten die zusammengeschlossenen Fahrräder fest. Lizzy spielte nervös an der Handbremse von Finns altem Klapprad. Ihr war anzumerken, dass die Vorstellung einer langen Tour auf zwei Rädern ihr Unbehagen bereitete.

Nach Wilhelmsburg tauchte die S-Bahn in einen unterirdischen Tunnel, und Megabite begann zu kläffen und zu winseln. Finn war ratlos. »Normalerweise macht Meggi Bahnfahren nichts aus«, erklärte er. »Irgendwas stimmt nicht mit ihm.«

Jeong starrte aus dem Fenster. Vielleicht war es gar nicht das Bahnfahren, das Megabite nervös machte. Vielleicht ahnte der kleine Hund nur, in welche Gefahr sie sich mit der Suche nach dem wertvollen Bild begaben.

Honiggelb und rot leuchteten vereinzelte Blätter in den Bäumen. Die Sonne stand als zitronengelbe Scheibe hinter einem dünnen Wolkenschleier, als die Freunde die Bahnstation verließen.

»Wenigstens mit dem Wetter haben wir Glück«, meinte Finn und schwang sich auf sein Fahrrad. Hinter ihm auf dem Gepäckträger hatte Akemi Platz genommen. Er kniff Augen und Mund zusammen, als Finns Hinterrad über die Bürgersteigkante auf den Fahrradweg rumpelte.

»He, Megabite, nun zieh doch nicht so.« Finn wickelte die Hundeleine um die Lenkstange, dann drehte er sich zu Akemi um.

»Bist du sicher, dass du kein Kissen willst?«

Akemi umklammerte mit beiden Armen Finns Hüften und schüttelte verbissen den Kopf.

»Akemi ist doch ein harter Bursche. Denkst du, der fährt mit 'nem Kissen unterm Hintern Fahrrad?«, schaltete sich Jeong ein und grinste. Lizzy fuhr in wackligen Schlangenlinien hinterher. Den Blick hatte sie starr geradeaus gerichtet.

»Das schaffst du, Lizzy!«, munterte Finn sie auf. Dann trat er in die Pedale und folgte dem Bogen des Radwegs auf die Anhöhe eines grasbewachsenen Deichs. Oben führte ein schmaler Weg entlang. Von hier aus hatte man einen herrlichen Ausblick über weite Felder und Obstplantagen.

»Das sind alles Apfelbäume«, erklärte Jeong. »Und guck mal! Der Fluss sieht aus wie ein Band aus Silber!«

Lizzys Blick folgte Jeongs ausgestreckter Hand. Augenblicklich verlor sie die Kontrolle über ihr Fahrrad. Sie kam von dem schmalen Weg ab und rumpelte kreischend über die abschüssige Deichwiese nach unten. Sie rollte immer weiter.

»Bremseeen!«, rief Finn ihr hinterher.

Lizzy tat es und kippte sachte zur Seite. Einen Moment lang lag Lizzy reglos im Gras, aber dann kämpfte sie sich wütend hoch.

»Mist!«, fluchte Lizzy und riss das Rad hoch. »Kann mir vielleicht einer sagen, wie man den Sattel runterstellt? So kann doch kein Mensch Rad fahren!« Lizzy rüttelte wütend am Sattel ihres Fahrrads.

Finn und Jeong grinsten sich an. Es war ein gutes Zeichen, dass Lizzys Angst sich in Wut umgewandelt hatte.

Jedenfalls hatte sie ernsthaft die Worte »Rad fahren« ausgesprochen.

»Warte, ich komm schon!« Finn lief über die Wiese zu Lizzy runter.

»Ich muss mal«, jammerte Akemi, der ebenfalls abgestiegen war.

»Na super. In dem Tempo sind wir ja in drei Wochen noch nicht am alten Speicher«, ärgerte sich Jeong.

Akemi rieb seinen Hosenboden, auf dem sich das Gitter des Gepäckträgers abzeichnete, und flitzte die Böschung hinunter. Er überquerte einen schmalen Fußweg und verschwand im dahinterliegenden Gebüsch.

»He, Akemi, ich hoffe, dir ist klar, dass dich von hier aus jeder sehen kann«, rief Jeong ihm zu, als er gerade dabei war, seine Hose runterzuziehen. Akemi blickte erschrocken nach links und rechts. Dann lief er zu einer alten Weide weiter und verschwand hinter ihrem Stamm. Als Megabite das sah, setzte er sich auf die Hinterpfoten und stimmte mit erhobener Schnauze ein entsetzliches Geheule an. Es klang, als hätte jemand seine Schwanzspitze in den Fahrradspeichen eingeklemmt.

»Also los, Megabite! Ran an den dicken Baum!« Jeong löste Megabites Leine, und schon jagte der Dackel auf die Weide zu.

Eben kehrten Lizzy und Finn auf den Deichweg zurück. Lizzy sah zufrieden aus. Scheinbar hatte Finn ihren Sattel auf die richtige Höhe gestellt, und die Fahrt konnte weitergehen.

Jeong formte mit den Händen einen Trichter an ihrem Mund. »Akeeeeemiiiiii! Ko-homm! Es geht weiter!«

Drüben an der Weide herrschte Stille. Niemand war zu sehen, nur zwei kreischende Möwen, die über der Baumkrone ihre Kreise zogen.

»Hm. Komisch. Er wird doch nicht in einem Moorloch versunken sein?« Jeong grinste.

»Moorloch? Quatsch! Vor hundert Jahren, da gab's so was vielleicht noch. Aber heute ist das Moor vollkommen ungefährlich.« Finn steckte Daumen und Zeigefinger in den Mund und ließ einen lang gezogenen Pfiff vernehmen.

Nichts geschah. Nur das beunruhigende Säuseln des Windes in den Ufergräsern war zu hören.

»Akeeemiiiii!«, brüllte Jeong noch mal, so laut sie konnte.

Bedrückend war diese Stille, beinahe unheilvoll. Die Freunde schauten einander ernst an. Dann bestiegen sie wortlos die Räder und holperten über den Damm nach unten. Sie fuhren ein Stück den Fußweg entlang und bogen an der Weide in einen Pfad. Akemi war nirgendwo zu sehen. Sie folgten dem Weg durch Dickicht und Gestrüpp auf ein freies Gelände mit einem dunklen Teich in der Mitte.

»Wir müssen schieben. Es ist einfach zu schlammig hier«, stellte Finn fest und schwang sich vom Rad.

Die Freunde kämpften sich auf dem engen Weg zwischen Sträuchern und niedrigen Ästen vorwärts.

»Also, dieser Weg durchs Moor ist echt nicht so eine tolle Idee«, maulte Lizzy.

»Akeeemiiiii!«, brüllte Jeong noch mal.

Kurz darauf war ein leises Knistern zu hören. Dann knackte es, und Akemi kam hinter einer kleinen Erle aus dem Unterholz gekrochen.

»Mensch, Akemi! Wo bleibst du denn?«, ärgerte sich Jeong. »Und wo hast du Megabite gelassen?«

Akemi stand keuchend auf. Sein Gesicht war rot vor Aufregung, und seine Wangen waren zerkratzt. Akemi keuchte und rang nach Worten. Dann zeigte er zum Teich hinüber. »Megabite ist dahinten. Er steckt fest.«

»Megabite!«

Finn warf erschrocken das Fahrrad von sich. Sofort ließen auch die anderen ihre Räder fallen und rannten hinter Finn her zum Teich. Der Weg verlor sich immer mehr in dunklen Pfützen und Rinnsalen. Es platschte, klatschte und spritzte bei jedem Schritt.

»Iiih, meine Füße sind jetzt schon nass!«, schrie Lizzy.

»Ihr müsst auf die Grasbüschel steigen, dann passiert euch nichts!«, rief Finn.

»Meine Güte, wo ist bloß Megabite? Hoffentlich ist er nicht im Moor versunken«, sagte Jeong.

»Hunden passiert so was nicht«, erklärte Lizzy. »Die haben einen guten Instinkt. Der Hund von Baskerville zum Beispiel …«

Klägliches Kläffen und Jaulen zerriss plötzlich die Stille. Es kam vom Ufer des schwarzen Sees, und es klang merkwürdig dumpf und irgendwie hohl. Und so, wie es sich anhörte, war Megabite in Bedrängnis, um nicht zu sagen, in ernsthaften Schwierigkeiten.

»Halt aus, Meggi. Ich bin sofort bei dir!« Finn platschte einfach quer durch die überschwemmte Wiese auf die kleinen Hügel am Teichufer zu. Plötzlich blieb er stehen und drehte sich um. »Mann, das ist jetzt aber echt nicht wahr, oder? Kommt, das müsst ihr gesehen haben!«

Lizzy und Jeong balancierten über die kleinen Grashügel zwischen den dunklen Pfützen. Dann blieben auch sie wie angewurzelt stehen. Inmitten junger Erlen und Weiden lag ein riesiger Haufen Müll und Schrott. Alte Fernseher mit zersplitterten Bildschirmen, Autoteile und Metalltonnen und obendrauf eine Waschmaschine, die mit dem Bullauge nach oben auf dem Rücken lag.

»Ich glaub's nicht. So eine Schweinerei! Wer macht denn so was?«, regte sich Lizzy auf.

»Megabite hat ein Eichhörnchen verfolgt, und das ist da rüber. Und Megabite ist in die Waschmaschine reingesprungen, und jetzt kommt er nicht mehr raus«, erklärte Akemi aufgeregt. Aus der Waschmaschine hörte man ein klägliches Winseln.

»Alles klar.« Finn kletterte über eine verrostete Autotür zur Waschmaschine. Megabites Kopf schaute aus der Luke heraus. Er japste und bellte und schnappte nach Luft.

»Ist ja gut, mein Kleiner. Deine Pfote hängt fest. Lass mal sehen.«

Vorsichtig befreite Finn Megabites Hinterpfote aus der Trommel der Maschine. Dann zog er den Hund aus seinem Gefängnis heraus und drückte ihn fest an sich. Megabite zappelte und bellte vor Freude über seine Rettung und leckte über Finns Gesicht.

»Pfui, Meggi, Schluss! Was machst du nur für Sachen? Da siehst du mal, was dabei rauskommt, wenn du wehrlose Eichhörnchen jagst.«

Schweigend traten alle den Rückweg an. Sie überquerten die Moorwiese in Richtung der alten Weide. Als sie zwischen den Büschen ihre Fahrräder aufhoben, hörten die Freunde Stimmen und lautes Gegröle. Jeong duckte sich und teilte vorsichtig die Äste des Gebüschs. Rasch drehte sie sich um und winkte den anderen. »Köpfe runter! Die Dogs!«

Mike, Richard und Mirko bretterten auf ihren Mountainbikes über den Weg am Fuß des Deichs entlang.

»Ich hab die Kurzen gerade noch gesehen. Weit können sie nicht sein. Denkt an die fette Belohnung, wenn wir ihnen auf den Fersen bleiben.« Mike trieb seine Bande zur Eile an. Die breiten Reifen der vorbeiflitzenden Bikes surrten auf dem Beton.

Jeong drehte sich zu den anderen um. »Mist. Matze und Emir haben die Dogs auf uns angesetzt.«

Finn nickte. »Sieht so aus. Aber keine Bange. Sie wissen weder, wo wir sind, noch, wo wir hinwollen.« Finn zog das GPS aus der Jackentasche. Er hielt es mit gestrecktem Arm von sich und beobachtete den Ausschlag des kleinen Zeigers auf dem Display. »Wir suchen uns einen Weg durch das Moor. Da finden sie uns nicht. Erst mal müssen wir da lang.«

Finn zeigte in Richtung des Teichs mit der Müllhalde. »Wir bleiben zusammen und folgen dem Weg. Kein Problem.«

Lizzy, Finn und Jeong schoben ihre Räder aus dem Dickicht und fuhren über den Weg im Halbkreis um den Teich herum. Lizzy manövrierte ihr Rad wackelig, aber konzentriert zwischen Grasbüscheln und Baumwurzeln hindurch. Aber auch für eine geübte Radfahrerin wie Jeong war es schwierig, auf dem unebenen Weg voranzukommen. Alle fanden, dass Lizzy ihre Sache gut machte. Schließlich verschwanden die vier zwischen gespenstischen schwarzen Erlen, deren verschlungene Wurzeln aus dem Wasser herausragten. Wie lange, verknöcherte Finger sahen sie aus. Akemi schwieg und umklammerte fest Finns Bauch.

»Eigentlich ganz schön hier«, sagte Lizzy mit zittriger Stimme.

»Genau«, krächzte Jeong und blinzelte gegen das fahle Licht, das geheimnisvoll zwischen den mattschwarzen Ästen flirrte.

Es war kurz vor Mittag, als die Freunde das Moor verließen und nach einer Dorfausfahrt auf den Deich zurückradelten. Wieder konnte man weit über die Ebene entlang der Elbe sehen. Die Wasseroberfläche war glatt, und zwei Segelschiffe kreuzten im Zeitlupentempo auf und ab. Finn blieb stehen, um auf das GPS zu sehen.

»Es ist nicht mehr weit. Etwa zwei Kilometer in Richtung Westen. In zwanzig Minuten sind wir da.« Finn rief die Umgebungskarte auf dem Display auf. »Die blauen Gebäude dort vorne, das müsste die große Werft sein. Der alte Hafenschuppen liegt genau dahinter.«

»Stimmt«, bestätigte Jeong. »Jetzt ist es wirklich nicht mehr weit.«

»Also dann!« Finn drehte sich zu Akemi um, der mit verkniffenem Gesicht hinter ihm saß. »Alles klar mit dir?«

»Alles klar«, presste Akemi hervor. Hier oben auf dem

Deich pfiff der Wind doppelt so stark wie unten im Moor, und Akemi war anzusehen, dass er fror.

Jeong hob die Augenbrauen. »Ich hab deine Mütze und die Handschuhe dabei.«

Akemi drehte stolz sein Gesicht weg. Aber als Jeong ihm die Mütze hinhielt, setzte er sie schnell auf, und dabei sah er richtig erleichtert aus.

Die Freunde fuhren ein Stück auf dem Deich und dann über eine Asphaltstraße zwischen Feldern entlang auf den Hafen zu. Sie kreuzten die breite Straße und bogen dann in Richtung Hafenschuppen ab. Zwischen den Lagerhallen und Schuppen wurde das Treiben lauter und dichter. Gabelstapler flitzten zwischen Lkws hin und her, luden Paletten und große Kisten auf, und man hörte lautes Brummen und Reifenquietschen. Männer in blauen Latzhosen prüften Listen, in denen das aufgeführt war, was sie von den Schiffen auf ihre Lastautos zu verladen hatten.

Akemi schaute interessiert hinüber. Gerade fuhr einer der Lkws los und gab den Blick frei auf einen blauen Opel, der auf dem Parkplatz stand.

»Finn, guck mal da. Der Mann in dem Auto!«

Finn verlangsamte sein Tempo und schaute ebenfalls zu dem Wagen hinüber. Was er im Vorbeifahren aus dem Augenwinkel sah, genügte: langer Pferdeschwanz, Hakennase, Lederjacke. Es war Matze, kein Zweifel.

»Schnell, beeilt euch!«, rief er Jeong und Lizzy zu. »Hier rein, in den Seitenweg!«

Aber da fuhr der Opel langsam an und bewegte sich auf die Freunde zu. Jetzt sah Finn auch Emir, der neben Matze auf dem Beifahrersitz saß.

Lizzy, Finn und Jeong bogen in den schmalen Durchstich zwischen zwei Lagerhallen ein.

»Wir nehmen die Abkürzung!«, rief Finn und schlängelte sich mit dem Rad zwischen den alten Tonnen, Müllsäcken und Styroporabfällen hindurch, die auf dem Weg zwischen den Maschendrahtgittern lagen.

»Iii, ist das verwarzt hier!«, nörgelte Lizzy.

»Stimmt, aber dafür kommen keine Autos durch. Ich habe das Gefühl, dass Emir und Matze uns auflauern wollten. Wahrscheinlich haben die Dogs uns doch aufgespürt und ihnen Bescheid gegeben.«

Plötzlich bremste Finn ab. Vier übereinandergestapelte Autoreifen blockierten den Weg. »Stopp! Hier kommen wir nicht durch. Es ist besser, wir verstecken unsere Räder und laufen zu Fuß zum Schuppen.«

»Gute Idee«, fand Lizzy. »Wenn Matze und Emir unsere Räder vor dem Schuppen entdecken, wissen sie sofort, wo sie suchen müssen.«

Finn ließ Akemi absteigen und kettete den Rahmen seines Fahrrads am Maschendrahtzaun fest. Lizzy und Jeong schlossen ihre Räder ebenfalls an. Dann schoben sie sich an dem Reifenturm vorbei und schlichen in gebückter Haltung bis zum Ende des Wegs. Vorsichtig schob Finn sein Gesicht hinter der Zaunecke hervor und spähte auf die Straße hinaus. Ein roter Sattelschlepper donnerte vorüber. Seine Reifen spritzten Schlamm hoch, und seine Bremsen fauchten wie ein gefährliches Raubtier.

»Hier gefällt es mir gar nicht«, jammerte Akemi. »Wann kommt denn endlich der Schatz?«

»Siehst du den Kran da drüben? Da ist es«, erklärte ihm Finn.

»Finn, Achtung!« Jeong zeigte auf den hellblauen Opel Vectra, der am oberen Ende der Straße langsam über die Kreuzung fuhr. Sofort zogen alle die Köpfe ein.

»Ich glaube nicht, dass sie uns gesehen haben.«

Die Freunde beobachteten, wie sich der rote Sattelschlepper dem Opel auf der Kreuzung näherte und hupte. Wie das Schiffshorn eines Tiefseedampfers hörte sich das an.

Matze schwang die Faust durchs offene Seitenfenster und schimpfte. Dann fuhr er weiter.

»Los, kommt!«, rief Jeong, als der Opel weg war. Im Nu waren die Freunde auf der anderen Straßenseite und rannten auf den Schuppen mit dem blauen Kran zu.

»Willst du zuerst auf dem Kran nachsehen, Lizzy?«, fragte Finn, als die Freunde über das verlassene Grundstück liefen. Lizzy nahm Finn das GPS-Gerät aus der Hand. »Ja, das ist wahrscheinlich das Beste. Der Zeigerausschlag ist nicht eindeutig. Es könnte eine Empfangsstörung sein.«

»Also, dann los! Akemi, du wartest hier und passt auf Megabite auf.« Jeong erklomm die Leiter zur ersten Plattform. Lizzy blieb unten stehen und legte unschlüssig eine Hand auf die Sprosse. Verdammt weit waren die Sprossen auseinander, und man musste riesige Schritte machen, um hochzuklettern. »Halte dich gut fest, und guck nicht nach unten. Ich bin hinter dir und passe auf«, sagte Finn.

Lizzy fühlte, wie ihre Hände zitterten. Das Metall der Leiter war kalt und feucht, und Lizzys Herz pochte aufgeregt.

»Los, Lizzy, du bist gleich oben«, feuerte Jeong die Freundin an. Und tatsächlich: Lizzy atmete tief ein und aus und arbeitete sich konzentriert Sprosse um Sprosse hoch. Oben griff sie nach Jeongs Arm und ließ sich von ihr auf die Plattform ziehen.

»Perfekt, Lizzy. Ich schlage vor, du suchst hier nach dem Schatz, und Finn und ich übernehmen die zweite Plattform.« Lizzy ließ Jeongs Hand los und hielt sich am Geländer fest. Der Wind hier oben war ganz schön heftig und machte sie schwindlig. Einen Moment schaute Lizzy Finn und Jeong hinterher, die über die Metallleiter weiter nach oben kletterten. Dann lief sie hinüber zu dem dicken Rohr, das durch die Plattform hindurch nach oben führte. Lizzy untersuchte jede Ritze, die sich auch nur im Entferntesten als Versteck geeignet hätte. Sie tastete um das Rohr herum und sah sich dann die Kiste aus Wellblech unter der Leiter genau an. Mit Mühe stemmte sie den Deckel hoch. In der Kiste war die Plastikbox mit dem Cache versteckt, den die Dogs letzte Woche gefunden hatten.

Sicherheitshalber öffnete Lizzy den Cache. Aber darin waren nur das Logbuch und eine Glaspyramide und zwei Packungen Räucherstäbchen als Tauschgut. Lizzy legte den Cache in die Kiste zurück. Als ihr Blick durch den Gitterrost der Plattform nach unten fiel, begann sich alles zu drehen, und Lizzy wurde ganz flau im Magen.

Erleichtert hörte sie das leise Dröhnen auf der Metallleiter, das ankündigte, dass Jeong und Finn wieder nach unten kamen.

»Hast du was?«, wollte Finn wissen.

Lizzy taumelte. Sofort hielt Jeong sie fest und zog sie an sich.

»Durchatmen, Lizzy. Immer schön durchatmen.«

Lizzy schloss die Augen und atmete ein. Schon fühlte sie sich besser. »Hier oben ist nichts«, flüsterte sie. »Suchen wir lieber drüben im Keller.«

Finn und Jeong nahmen Lizzy in die Mitte und kletterten über die Leiter nach unten.

Akemi schien sehr erleichtert darüber zu sein, dass die

Freunde die Suche auf dem Kran aufgegeben hatten. Er und Megabite hatten hinter dem Betonsockel des Krans versteckt gewartet. »Schaut mal, was es hier für tolle Sachen gibt!«, rief Akemi, als er hinter Finn, Lizzy und Jeong auf den Schuppen zulief. Gerade als Finn und Lizzy in der Kellertür verschwanden, haute Akemi ab und rannte auf einen alten Traktor zu, der in der Nähe unter einem Wellblechdach stand. »Super! Ich will Traktor fahren.« Schon kletterte Akemi über das hohe Rad auf den Schalensitz aus Metall.

»Akemi, komm sofort da runter.« Jeong rannte ihm hinterher und versuchte, ihn zu fassen, aber sie erwischte bloß seine Ferse. Sie zog daran, und Akemi brüllte los. Er riss wütend sein Bein hoch, und Jeong hielt statt Akemis Fuß seinen gelben Gummistiefel in der Hand.

»Komm da runter, Akemi. Wir haben jetzt echt keine Zeit für solche Spielchen.«

»Ich will aber hierbleiben!«, kreischte Akemi.

Verdammt, es war einfach unmöglich mit dieser Nervensäge!

»Komm jetzt. Das ist meine letzte Warnung. Wir gehen sonst ohne dich auf Schatzsuche.«

Akemi rückte sich stolz wie ein Sieger auf dem kleinen Sitz zurecht und baumelte mit den Füßen.

»Also schön, du willst es nicht anders.« Jeong holte mit dem Stiefel in der Hand weit aus und schleuderte ihn wütend in die Pfütze vor dem aufgebockten Schiffsmotor.

Dann drehte sie sich um und schritt wortlos auf die offene Kellertür unter dem Treppenaufgang zu. Akemi sah seiner Schwester nach. Ohne sich noch mal nach ihm umzudrehen, verschwand sie durch die Kellertür. In der Pfütze versank sein gelber Stiefel blubbernd im braunen Schmutzwasser. Akemi streckte ratlos den linken Fuß von sich und bewegte seine Zehen in der roten Socke. Ganz schön kühl war es hier oben ohne den Stiefel.

»Finn-Finn-Finn!«, hallte Jeongs Ruf von den Wänden zurück. Unsicher tastete ihre Hand auf dem feuchten Putz entlang. War hier letzte Woche nicht ein Lichtschalter gewesen? Nichts. Wahrscheinlich hatte sie sich das bloß eingebildet. Jeongs Füße ertasteten blind Stufe um Stufe. Sie hatte ungefähr vier oder fünf Stufen hinter sich gebracht, als plötzlich ein schwacher Lichtkegel ihre Beine erfasste.

»He, Jeong! Bist du's?«

Jeong atmete auf. Es war Finn. Jeong ging im Schein seiner Taschenlampe die Treppe hinunter.

»Sind Akemi und Megabite bei dir?«, erkundigte sich Finn.

»Der kleine Teufel sitzt oben auf dem Trecker und lüftet seinen Hinterhuf.«

»Und Megabite?«

»Auch oben, nehme ich an.«

»Hier, nimm mal.« Finn drückte Jeong seine Taschenlampe in die Hand. »Ich hab dir doch gesagt, dass wir uns nicht trennen dürfen. Ich hol die beiden. Lizzy ist hinten.« Kratzen und Schürfen drang vom anderen Ende des Gangs herüber. Es klang so laut, als ob Lizzy die Kellergänge eigenhändig in Schutt und Asche legen wollte.

Jeong richtete den Strahl der Lampe einen Moment auf Finn, der die Treppe hinauflief, dann drehte sie sich um und beleuchtete den Boden des Gangs vor sich. Jeong folgte einfach der Richtung, aus der der Lärm kam. Irgendwie hatte sie ein schlechtes Gewissen, weil sie Akemi einfach oben hatte sitzen lassen. Aber manchmal wusste sie eben mit diesem kleinen Teufelsbraten wirklich nicht mehr weiter. Zum Glück konnte sie sich in diesen Momenten auf Finn verlassen. Er war eindeutig ein Freund, der da war, wenn man ihn brauchte.

Jeong hastete über den staubigen Boden zum ersten Kellerraum. Der Elektromotor und die Kabelrolle waren vor dem Eingang zur Seite gerückt, und die Holztür dahinter war offen. Jeong warf einen Blick in den kleinen Raum. Er war vollgestellt mit Metallregalen, in denen sich Farbdosen und Werkzeuge befanden. Ein Spaten mit Holzstiel lehnte in der Ecke. Hier hatte Lizzy offensichtlich nichts gefunden. Nach wenigen Schritten fand Jeong einen weiteren Kellerraum. Sie staunte. Wie hatte Lizzy die dicke Tür bloß ohne Schlüssel aufbekommen? Das Kratzen und Hämmern, das von der anderen Kellerseite herüberdrang, wurde wieder lauter. Jeong lief zum Mittelgang zurück, der die beiden Kellerbereiche miteinander verband. Am anderen Ende des Gangs sah sie einen Lichtschimmer. Vorsichtig tastete sich Jeong weiter. Schließlich bemerkte sie Lizzy, die mit einer Eisenstange an einer Kellertür zugange war. Ihre eingeschaltete Taschenlampe lag auf einer Holzkiste.

»He, Jeong, steh nicht rum«, keuchte Lizzy.

Jeong legte ihre Lampe auf die Kiste und zog gemeinsam mit Lizzy an der Eisenstange, die zwischen Tür und Zarge steckte.

»Puh, da braucht man ja Kräfte wie ein Dinosaurier«, ächzte Jeong. Ihre Handflächen fingen an zu brennen.

»Los!«, feuerte Lizzy sie an. »Magisch ist die Kraft, die man mit dem Hebel schafft.«

»So ein Quatsch«, keuchte Jeong.

Aber im selben Moment knackte es gewaltig, und die Tür sprang auf. Im Gegensatz zu den anderen Kellerräumen war dieser vollkommen leer. Eine festgetretene Sandschicht bedeckte den Boden. Lizzy bückte sich und befühlte den feuchten Sand mit beiden Händen. »Komisch, warum streut jemand Sand auf den Boden und gibt sich solche Mühe, ihn gleichmäßig zu verteilen?«

Jeong schaltete sofort.

»Ich habe drüben eine Schaufel gesehen. Bin gleich wieder da.«

Jeong flitzte zurück in den anderen Kellertrakt. Währenddessen begann Lizzy, mit der Eisenstange Linien in die Sandschicht zu ritzen. Der Boden darunter fühlte sich überall weich an. Doch in der hintersten Ecke stieß Lizzy mit der Spitze der Eisenstange auf harten Untergrund. Dumpf und metallisch klang das.

»Hier, ich hab sie!« Jeong tauchte mit der Schaufel in der Tür auf.

»Super!« Lizzy nahm das Werkzeug an sich und begann mit kleinen, rhythmischen Bewegungen zu schaufeln. Jeong staunte über das Tempo, das Lizzy mit dem schweren Spaten vorlegte. Es war immer wieder erstaunlich, welche Bärenkräfte in der zierlichen Freundin steckten, wenn das Schatzfieber sie gepackt hatte. Während Lizzy schippte und grub, lockerte Jeong den Sandboden mit der Eisenstange auf. Schließlich ertönte ein »Pling«. Lizzy war mit der Spatenspitze auf Metall gestoßen. Beide Mädchen fielen auf die Knie und buddelten den restlichen Sand mit den Händen zur Seite.

»Hui, schau dir das an!«, flüsterte Lizzy und fegte letzte Krümel von einer länglichen Metallkiste mit ovalem Griff. Lizzy klappte ihn hoch und zog daran. Doch die Kiste bewegte sich keinen Zentimeter.

»Wir haben das Ding noch nicht weit genug ausgegraben, Lizzy. Los, machen wir weiter.« Jeong griff nach dem Spaten und schippte weiter den Sand zur Seite.

Platsch! Der Inhalt des Gummistiefels ergoss sich in einem Schwall in die Pfütze. Finn drehte den Schaft nach unten und schlug mit der flachen Hand auf die Stiefelsohle. Als Nachzügler kamen zwei Steinchen herausgeplumpst. Megabite saß hechelnd am Pfützenrand und sah fasziniert zu. Akemi hockte immer noch auf dem Traktor und schmollte. Seine rote Socke leuchtete in der Dämmerung.

»Das wird ganz schön ungemütlich, den anzuziehen.« Finn befühlte den Stiefel von innen und ging über den schlammigen Hof auf Akemi zu. Da bog der blaue Opel in die Einfahrt ein. Spritzend pflügten die Reifen des Fahrzeugs durch die Pfützen. Mit einem Satz war Finn bei Akemi und zog ihn vom Sitz des Traktors. Mit einem leisen Aufschrei plumpste Akemi auf Finn, und Finn stolperte unter seinem Gewicht einige Schritte rückwärts. Dann fiel er rittlings in den Schlamm. Genau in dem Moment kam der Wagen vor dem Stapel mit den aufgeschichteten Schienen zum Stehen.

Akemi lag auf Finns Bauch und verzog vor Schreck den Mund. »Beweg dich nicht. Das sind Matze und Emir. Sie haben uns noch nicht gesehen!«

Immerhin begriff Akemi die Gefahr und hörte auf zu zappeln. »Los, da rüber, und keinen Mucks, verstanden?« Auf allen vieren krochen Finn und Akemi hinter den Vorsprung, den die Außentreppe am Schuppen bildete. »Kann ich meinen Stiefel wiederhaben?«, flüsterte Akemi und drückte sich neben Finn hinter den Mauervorsprung.

»Ich schwör dir, dass die kleinen Kröten hier sind. Das ist der Schuppen von Peters, wo ich mal gearbeitet habe. Kann gut sein, dass John das Ding hier versteckt hat. Jedenfalls hab ich den Köter da drüben gesehen.«

Megabite saß immer noch an der Pfütze und hechelte mit heraushängender Zunge. Er legte den Kopf zur Seite und schaute arglos zu, wie Matze und Emir auf ihn zustapften.

»Mist, hoffentlich bleibt Megabite, wo er ist. Wenn er zu uns läuft, verrät er uns.«

Megabite erhob sich und trabte schwanzwedelnd auf Matze zu.

»Hier, komm her, du kleine Klobürste. Eia gibt's erst, wenn du uns zu deinem Herrchen führst. Kapiert? Na los, mach schon.«

Megabite schaute Matze erwartungsvoll an, dann wandte er sich in Richtung Außentreppe.

»Nein, Megabite, tu's nicht, bitte!«, flehte Finn. Matze stampfte mit dem Fuß auf, und Megabite wich geduckt ein paar Schritte zurück.

»Mach schon, du Töle, zeig uns, wo deine Freunde sind!«

Matze bückte sich und kraulte Megabite vorsichtig mit ausgestrecktem Finger hinter dem Ohr. Megabite ließ ein leises Knurren vernehmen.

»Meinst du, der Köter weiß was?« Emir trat neben Matze und bückte sich ebenfalls zu Megabite hinunter.

»Klar weiß der Hund, wo die Kinder sind, und er wird uns hundertpro zu ihnen bringen.«

Emir rieb sich kichernd die Hände. »Großartig. Ich glaube, wir sind ganz nah dran.« Megabite hob die Schnauze und trottete langsam davon. An der Kellertür schüttelte er sich kräftig und setzte sich auf seine Hinterpfoten. Sein Schwanz tickte hin und her wie ein Scheibenwischer. Dabei schaute er Matze und Emir erwartungsvoll an.

»Hab ich's nicht gesagt! Die Staubwalze führt uns direkt zu der Zwergenbande.« Matze erhob sich und schlenderte langsam auf die Kellertür zu.

»Mist. Und jetzt?« Finn fühlte, wie sein Hals trocken und seine Ohren heiß wurden. »Megabite hat diese Ganoven wirklich in den Keller gelockt. Jeong und Lizzy sitzen da unten in der Falle wie die Mäuse.«

»Du musst sie anrufen«, flüsterte Akemi. »Mit dem Handy.«

»Klar!«, krächzte Finn. Vor Aufregung blieb ihm fast die Stimme weg. Schnell zog er das Handy heraus und drückte auf Lizzys Nummer. Es tutete: Einmal, zweimal, dreimal …

»Mensch, Lizzy! Geh ran.« Finn hämmerte mit der Faust auf seinen Oberschenkel. Eben war auch Matze im Kellereingang verschwunden. »Lizzy, bitte, los jetzt! Warum gehst du denn nicht ran?« Finn ließ verzweifelt das Handy sinken. »Die hören das nicht«, flüsterte er.

»Sicher haben sie da unten im Keller keinen Empfang«, sagte Akemi.

»Schon möglich. Und jetzt?«

Akemi zog die Schultern hoch und machte ein ziemlich verzweifeltes Gesicht.

Lizzy hatte eine rechteckige Vertiefung um die Kiste im Boden gegraben. Jeong stand mit gegrätschten Beinen über dem Loch und zog am Griff. Langsam gab die Erde nach, und der Metallbehälter ließ sich einige Zentimeter anheben.

»Mensch, Lizzy, es bewegt sich.«

Tatsächlich löste sich die Kiste aus der Erde. Jeong stellte sie neben dem Loch auf den Boden und wischte den Klappverschluss mit ihrem Jackenärmel sauber.

»Jeong, guck mal. Da ist gar kein Schloss dran.« Lizzy hob die bewegliche Öse über den Metallring. Dann schlug sie den Deckel zurück. Im Schein von Jeongs Taschenlampe nahm Lizzy eine Supermarkttüte heraus, in der eine längliche gelbe Plastikkapsel aufbewahrt war.

»Die ist zusammengeschraubt. Dreh einfach die beiden Enden auseinander!« Jeongs Stimme klang vor Aufregung ganz krächzig.

Lizzy drehte und schraubte, und wirklich – die Kapsel ließ sich öffnen wie ein Glas Erdnussbutter. Eine Papierrolle lugte heraus.

»Das ist es, Lizzy! Das ist das Bild!«

Lizzy rollte das Gemälde auseinander. Es zeigte einen schwebenden Mann mit schwarzem Umhang über einer schneebedeckten Traumlandschaft. Die Sterne am dunklen Nachthimmel tauchten die Landschaft in einen zauberhaften Glanz, und es war fast so, als ob man jeden einzelnen Tritt und Schritt des Mannes im Tiefschnee hören konnte. Das Gemälde sah einfach wunderschön aus.

»Oh«, sagte Lizzy leise. Plötzlich legte sich ein riesiger schwarzer Schatten über sie. Erschrocken fuhren Lizzy und Jeong herum. Matze hatte sich mit verschränkten Armen in der Tür aufgebaut. Hinter ihm erschien Emir. Er hielt etwas Längliches, Glänzendes in der Hand. Ein Messer!

»So mögen wir das! Andere machen die Arbeit, und wir sahnen ab. Her mit dem Bild, ihr Pflaumen!«

»Es ist unser Bild, wir haben es gefunden!«, rief Lizzy.

Jeong verzog ängstlich den Mund und schüttelte den Kopf. Hatte Lizzy nicht mitbekommen, dass Emir eine Waffe bei sich hatte?

»Jetzt hört mal zu, ihr Kinderlein. Das Bild gehört uns. Wir haben es hier versteckt, und jetzt holen wir es wieder ab. So einfach ist das.« Während er sprach, tippte Emir ununterbrochen mit dem Zeigefinger an die Spitze seines langen Messers. Seine Stimme klang schneidend wie eine Kreissäge. Jeong bekam davon richtig Gänsehaut. Erst an den Oberarmen und dann an den Schulterblättern.

»Das Bild gehört euch nicht. Ihr habt's geklaut, und wir wissen auch, wo!«, stieß Lizzy hervor, und ihre Augen funkelten böse. Jeongs Herz fühlte sich mit einem Mal ganz eng und eingeklemmt an. Es war nicht gut, Leuten, die ein Messer bei sich trugen, zu widersprechen.

»Geklaut? Aber wer sagt denn so was? So was machen wir doch nicht. Was, Emir?« Matze brach in wieherndes Gelächter aus. Er drehte sich zu Emir um und schlug ihm auf die Schulter. Beide lachten, bis die Tränen in ihren Augen glitzerten. Dann fuhr Matzes Hand blitzschnell nach vorn und riss Lizzy das Bild aus den Händen.

»Jetzt ist Schluss mit lustig, kleine Kröte! Ende der Vorstellung.« Matze bewegte sich mit dem Bild in der Hand rückwärts in Richtung Ausgang. »Ihr beide bleibt jetzt brav hier unten und zählt bis fünfhundert. Dann geht ihr schön langsam nach oben und vergesst die ganze Geschichte. Ihr wollt doch nicht, dass euch was Schlimmes passiert, oder?«

Gerade setzte Matze wieder zu seinem Pferdewiehern an, als Megabites Bellen durch den Kellergang schallte. Ungewöhnlich laut und bissig klang das und hallte als Echo von allen Wänden wider. Emir drehte sich verwirrt um.

»Keine Panik. Das ist nur der verrückte Köter«, beruhigte ihn Matze.

Doch dann waren auch noch Fußgetrappel und Stimmen zu hören. »Links in den Gang rein!«, rief jemand. Das war Finn.

»Verdammt, Matze. Hier ist was faul. Nichts wie weg hier!« Doch Emir kam nicht dazu, sich aus dem Staub zu machen. Zwei uniformierte Polizisten tauchten im Kellergang auf. Hinter ihnen kamen Finn und Megabite und der Mann mit dem weißen Spitzbart.

9. Unverhofftes Wiedersehen

»Eisenwinter!«, flüsterte Jeong ungläubig.

Schnell steckte Matze das zusammengerollte Bild unter seine Lederjacke, und Emir versuchte, unschuldig zu grinsen. Beides sah ziemlich verdächtig aus.

Eisenwinter lächelte. »Sehen Sie jetzt, dass ich die Wahrheit sage? Die beiden haben das Bild gestohlen. Sie wollten mir den Diebstahl unterschieben und haben mich deshalb zur Post gelockt und mich davor fotografiert. Ich habe das Bild unter den Flurdielen in meiner Wohnung gefunden. Leider konnte ich damit ja nicht zu Ihnen kommen.«

Der hagere Polizist mit dem gebogenen Schnauzer nickte. Eisenwinter erzählte weiter. »Ich habe das Bild hier versteckt. Ich wusste, dass Matze und Emir danach suchen würden. Das war meine Chance, zu beweisen, dass ich unschuldig bin. Und wirklich: Matze und Emir hefteten sich an meine Fersen, weil sie das Bild wiederhaben wollten. Ich musste untertauchen. Auf der Flucht habe ich Aurelia verloren. Aber die Kinder haben sie gefunden und die Sache mit den Koordinaten herausbekommen. Das war mein Glück.«

»Stimmt. Ich habe sofort gewusst, dass Aurelia geheime Koordinaten kennt«, erklärte Lizzy dem kleineren Polizisten.

Die beiden Beamten sahen einander an. Sie schienen Eisenwinters Version der Geschichte langsam Glauben zu schenken.

»Es stimmt, was Herr Eisenwinter sagt. Matze und Emir haben uns verfolgt und sogar bei uns eingebrochen, um Aurelia zu bekommen. Aber wir haben sie ausgetrickst, und Aurelia hat uns die Koordinaten verraten«, berichtete Jeong.

»Mir war klar, dass ihr euch sofort auf die Suche nach dem Bild machen würdet«, sagte John Eisenwinter. »Eure Namen habe ich ja oft auf der Geocaching-Seite im Internet gelesen. Ich wusste, dass ihr Profischatzsucher seid. Ich musste also nur abwarten, bis Matze und Emir sich an euch dranhängen würden. Natürlich wollte ich euch keiner Gefahr aussetzen. Deshalb habe ich Spione auf euch angesetzt, die mir immer genau berichteten, wo ihr euch befindet. So konnte ich im richtigen Moment die Polizei benachrichtigen, damit sie zuschlägt.«

»So ein Quatsch!«, zeterte Matze los. »Wir haben mit dem ganzen Märchen nichts zu tun. Wir sind rein zufällig hier, stimmt's, Emir?«

Der Polizist mit dem Schnauzer wies mit seinem Funkgerät auf Matze. »Und deshalb ist dir auch rein zufällig das Bild unter die Jacke geschlüpft, stimmt's?«

»Bild? Welches Bild?« Matzes Gesicht wurde blass.

»Her damit, aber dalli!« Der Polizist machte eine auffordernde Handbewegung. Als Matze nicht reagierte, zog er ihm die Papierrolle selbst aus der Jacke.

»He, das war die Kleine da, die hat mir das Bild untergeschoben!«

»Das wird ja immer bunter hier«, lachte der kleinere Polizist und ließ seine Handschellen um Matzes Handgelenke zuschnappen. Eben erreichten zwei weitere Polizisten den Kellerraum. Auch Emir wurden Handschellen angelegt. Er und Matze machten verkniffene Gesichter, als die Beamten sie nach oben brachten.

Der Polizist mit dem Funkgerät rollte das Bild auf und warf einen Blick darauf. »Wunderschön. Ich wünschte, ich könnte so was malen. Warum haben Sie es ausgerechnet hier unten versteckt?«, fragte er Herrn Eisenwinter.

»Ich bin auf den Schuppen gekommen, weil Matze hier mal vor vielen Jahren gearbeitet hat. Das war, lange bevor er bei mir eingezogen ist. Aber ich habe mich an den Keller erinnert, weil Matze mal davon erzählt hat.«

Der Innenhof vor dem alten Schuppengebäude war in blaues Licht getaucht. Zwei Einsatzfahrzeuge und ein

Polizeibus standen mit angeschaltetem Blaulicht da. Akemi saß neben einer blonden Polizistin mit langen Locken im Bus und aß Schokoladenkekse. Er sah ziemlich vergnügt aus, und sein Mund war dunkelbraun verschmiert. Die junge Polizistin war ganz bezaubert von Akemi und streichelte seine seidig schimmernden Haare. »So ein süßer und höflicher Junge«, sagte sie begeistert zu Jeong. »Da hast du Glück, so einen Bruder zu haben.«

»Ich weiß, dass ich großes Glück habe«, seufzte Jeong. Akemi grinste und kaute mit offenem Mund.

»Natürlich fahren wir euch nach Hause«, sagte die Polizistin. »Dein kleiner Bruder hat ja ganz nasse Füße.«

Abends war der Himmel ganz klar und dunkelblau. Pim und Aurelia saßen im großen Käfig in Kohlen-Karls Küche und kuschelten sich eng aneinander.

»Aurelia fünf-zwo, fünf-zwo«, gurrte Aurelia. »Kräh-kräh«, antwortete Pim und plusterte dabei sein Gefieder, dass es türkis schillerte. Aurelia legte den Kopf zur Seite und betrachtete Pim neugierig. Pim schlug verliebt die Augen nieder.

»Ich bin euch so dankbar, dass ich Aurelia wiederhabe«, seufzte John Eisenwinter. »Und Pim noch dazu! Es stört dich doch nicht, wenn wir zu dritt bei dir wohnen?«

»Nicht im Geringsten«, lachte Kohlen-Karl. »Quasi gar nicht.« Er verteilte Spaghetti mit Käse-Sahne-Soße auf die

Teller. Die Kinder saßen um den großen Holztisch und genossen die flackernde Wärme des Kohleofens. Akemis feuchte Socken hingen über der Stuhllehne in Ofennähe. Der Polizistin mit den Locken war es zu verdanken, dass die Kinder Pim sofort wiederbekommen hatten. Sie hatte ihn eigenhändig bei der Durchsuchung von Matzes und Emirs Wohnung eingefangen und ihn dann bei Finn vorbeigebracht.

»Am meisten freue ich mich aber, dass euch nichts passiert ist.« Herr Eisenwinter wickelte die Nudeln zu einer dicken Kugel um seine Gabel und roch daran. »Hm! Gorgonzola! Mein Lieblingskäse.«

»Trotzdem. Du musst zugeben, dass dein Plan ganz schön riskant war. Den Kindern hätte wer weiß was passieren können«, brummte Karl und setzte sich ebenfalls an den Tisch.

»Herr Eisenwinter hat immer genau gewusst, wo wir sind. Er hat Spione aufgesetzt!«, erzählte Akemi und aß wie ein Scheunendrescher.

»Es heißt: Spione *angesetzt*, Akemi!«, erklärte Jeong. »Herr Eisenwinter hat Spione auf uns *angesetzt*.«

Akemi zuckte mit den Schultern und aß gierig weiter. Der Tag mit all seinen Aufregungen hatte ihn ganz schön hungrig gemacht.

»Und wer waren nun diese Spione?«, wollte Finn wissen.

John Eisenwinter lächelte und wiegte den Kopf. »Na, das ist ja nun nicht schwer zu erraten. Ich bin häufig auf der Geocaching-Homepage und habe mitbekommen, wer eure größten Feinde sind. Tja – und wer eignet sich besser als Spione als …«

»… die Dogs?«, kreischten Finn, Jeong und Lizzy erschrocken.

»Sie haben im Ernst die Dogs auf uns angesetzt? Ich dachte, die waren im Auftrag von Matze und Emir hinter uns her.« Finn schüttelte verwirrt den Kopf.

»Matze und Emir sind zwar gerissen, aber sie sind nicht wirklich schlau. Ich habe die Dogs angeheuert und ihnen eine LED-Lampe für Nachtcaches als Belohnung versprochen. Dafür haben sie euch mehrere Tage lückenlos beschattet. Ich muss sagen, die Dogs haben ihre Sache ganz großartig gemacht.«

Lizzy grinste. »Stimmt. Niemand beschattet und verfolgt uns so gut wie die Dogs. Aber dass sie dafür eine Belohnung kriegen sollen …«

»Doch. Die haben sie verdient. Dass ich so schnell die Polizei alarmieren konnte, habt ihr allein ihnen zu verdanken«, sagte John Eisenwinter und schob den leeren Teller von sich. »Es war allerköstlichst, Karl. Morgen koche ich.«

»Ich wusste gar nicht, dass du kochen kannst«, wunderte sich Karl.

»Doch, doch. Und falls es anbrennt, lade ich dich zum Essen ein. Ich kenne da ein tolles Restaurant. Das *Hanabi* – da habe ich übrigens noch eine Rechnung zu begleichen.« Eisenwinter zwinkerte Jeong zu.

»Mein Vater freut sich sicher, wenn Sie Ihre Rechnung bezahlen.« Jeong zog vorsichtig den Teller von Akemi weg, der am Tisch eingeschlafen war.

»Kann mein Bruder Sie mal besuchen kommen? Ich meine, er sieht zwar ein, dass die Aras bei Ihnen besser aufgehoben sind, aber er hätte sich so gewünscht, einen der beiden behalten zu können.«

»Jederzeit!« John Eisenwinters Augen leuchteten begeistert. »Überhaupt würde ich mich freuen, wenn ihr mich alle möglichst oft besucht. Wir wohnen ja jetzt schließlich in direkter Nachbarschaft.«

»Super!«, freute sich Lizzy. »Ich komme morgen gleich nach der Schule.«

»Alles klar. Hoffentlich habe ich dann schon die Belohnung für den Chagall bekommen. Die Postfiliale hat eine hübsche Summe für die Wiederbeschaffung des Gemäldes ausgesetzt.« John Eisenwinter grinste. »Und die wollen wir doch schließlich miteinander teilen, oder?«

Das ist Geocaching

Hat dich auch das Jagdfieber gepackt? Geocaching ist ein faszinierendes Hobby, bei dem du auf der Suche nach geheimen Schätzen aufregende Orte erkunden kannst. Wenn du Geocaching selbst ausprobieren willst, brauchst du ein GPS-Gerät und einen Computer mit Internetanschluss. Einen Erwachsenen oder jemand mit Erfahrung im Geocaching dabeizuhaben ist hilfreich. Und mit ein paar Freunden macht es am meisten Spaß.

Das Wort »Geocaching« ist übrigens aus zwei Teilen zusammengesetzt. Aus »geo« (griechisch), was »Erde« bedeutet, und aus »cache« (englisch) für »geheimes Lager«.

Und so funktioniert es:
Ein GPS-Gerät (G = global, P = positioning, S = system) ist ein elektronischer Kompass, der dich mithilfe von Koordinaten und Satelliten zu einem Cache führt.

Koordinaten sind ein gedachtes Netz aus Linien, die sich rund um den Erdball spannen. Jeder Punkt auf der Erde kann mittels Koordinaten genau bestimmt werden. Punkte, an denen jemand einen Schatz versteckt hat, findest du im Internet, z. B. unter www.geocaching.de oder www.geocaching-hamburg.de.

Hier erhältst du auch Informationen über das Gelände, in dem der Cache versteckt liegt, und über den Schwierigkeitsgrad des Verstecks. Manche Caches können zum Beispiel nur in der Nacht gefunden werden, oder sie liegen im Wasser oder hoch oben auf einem Baum.

Caches sind Plastikdosen, in denen sich kleine Schätze befinden. Du kannst einen Schatz aus der Dose nehmen, wenn du einen Gegenstand von gleichem Wert hineinlegst. In der Box ist auch ein Logbuch, in das du dich als Finder eintragen kannst.

Für das Geocaching gibt es einige wichtige Regeln, die du unbedingt beachten solltest:
Die meisten Caches liegen draußen in der Natur. Für echte Geocacher steht Rücksicht gegenüber der Tier- und Pflanzenwelt an oberster Stelle. Also: Nicht einfach querfeldein rennen oder radeln und Pflanzen beschädigen!

Nur wenn du etwas in eine Dose reinlegst, darfst du auch was daraus mitnehmen. Der kleine Schatz, den du in der Box versteckst, soll anderen Findern Freude bereiten. Das ist Ehrensache!

Der Cache muss immer an seinem ursprünglichen Platz versteckt werden. Auch andere Schatzsucher sollen damit schließlich ihren Spaß haben.

So einfach geht es! Also, worauf wartest du?

Jeong

Finn